1
リデル・ラ・シルフィリア
Author
八色 鈴
Illustrator
ダンミル
オスカー・ディ・アーリング
「……失礼、王女殿下《プリンシア》」
拝啓
「氷の騎士とはずれ姫」
だったわたしたちへ

「これがわたしのお母さま。
ね、とっても美人でしょ！
十六、七歳の時のお姿だって、
お父さまが言ってたわ」
ジュリエット・
ディ・グレンウォルシャー
エミリア・
ディ・アーリング

風の音。
花の匂い。
髪が揺れる音。
笑い声。
太陽の眩《まばゆ》さ。
白い肌の滑らかな感触。
唇の温度。
それら全てが感じ取れるような、
不思議な臨場感に満ちた絵だった。

「決して忘れはしない。
……忘れるものか」
今更悔いても
意味がないことはわかっている。
このような傷で、己の罪を
贖《あがな》えるとも思っていない。
喪《うしな》った者は、二度と帰ってこないのだ。
そう。
オスカーが殺した、
妻のように。

# 拝啓
# 「氷の騎士とはずれ姫」だったわたしたちへ

Dear Sir, To Us Who were
"Ice Knight and Mediocre Princess"

1

Author
八色 鈴
Illustrator
ダンミル

Dear Sir, To Us Who were
"Ice Knight and Mediocre Princess"

# Contents

# 序章　はずれ姫の過去

聖堂に、司祭の厳かな声が響き渡った。

「オスカー・ディ・アーリング。汝《なんじ》はこの女性、リデル・ラ・シルフィリアを妻とし、幸福なる時も困難なる時も共に助け合い、互いを愛すると誓いますか」

「誓います」

固く低い、青年の声が上がる。

リデルはそれを、緊張の面持ちで受け止めていた。

「リデル・ラ・シルフィリア。汝はこの男性、オスカー・ディ・アーリングを夫とし、幸福なる時も困難なる時も共に助け合い、互いを愛すると誓いますか」

「……誓います」

震えそうになりながら、か細い声で答える。

「それでは、誓いの口づけを」

司祭に促されるまま身体《からだ》の向きを変えれば、そこで初めて、青年と目が合った。

透き通った氷のように冴《さ》え冴《ざ》えとした青が、ヴェール越しにリデルを見つめている。

髪をぴったり後ろに撫《な》でつけ、騎士団長の白い礼服に身を包んだ姿に、視線も心も奪われた。

――氷の騎士。

その二つ名がこれほど似合う人間もいまい。

理知的で、優雅で、洗練されていて、何より狼の如く凛々《りり》しい。思いつく限りの賞賛を並べ立ててもその全てが陳腐に感じられるほど、リデルの隣に立つ彼は完璧だった。

「……失礼、王女殿下《プリンシア》」

小さく囁《ささや》いた青年が、その場に跪《ひざまず》きリデルの右手を恭しく取る。腰に佩《は》いた剣が床に触れ無機質な音を立てた直後、手の甲に、羽の落ちるような軽い口づけが落ちた。

一秒、二秒、三秒……。

唇が触れていたのは、ほんの数秒の間。けれど触れられた場所からじんわりと甘い熱が広がり、全身が歓喜に打ち震える。

「よろしい」

そっと離れた二人に、司祭がにこやかに頷《うなず》いた。

「今ここに、我らが母スピウス女神は汝らの誓いを聞き入れられました。互いにこれを忘れることなく、いずれ神の御許《みもと》へ召されるその日まで、互いへの愛と尊敬を持って支え合いなさい。――マーシル・マース」

――神の祝福《マーシル・マース》を。

結びの祈りを、列席者たちが繰り返す。

エフィランテ王国第四王女リデルが、氷の騎士と名高いアッシ・エン伯爵《アルト・アッシエン》の妻となった瞬間だった。

祝福の鐘が鳴り響き、列席者の間からわっと盛大な歓声が上がる。

拍手とともに祝いの言葉が飛び交い、色とりどりの花びらが雨のように降り注いだ。

「おめでとう！」

「おめでとうございます、王女殿下、アッシェン伯爵！」

「どうぞ末永くお幸せに！」

両親が、微笑《ほほえ》んでいる。兄や姉、いとこたちも皆、夫婦となったふたりを祝福してくれている。

瑠璃色の目にじんわりと涙を浮かべ、リデルは家族や列席者たちに手を振った。

これから初恋の人と共に夫婦として同じ道を歩む。夢と希望に満ち溢《あふ》れた幸せな未来が、目の前に広がっていた。

§

丸い月が、広大なアッシェン城を仄白《ほのじろ》く照らしている。

その城の一室で、リデルは高鳴る胸を押さえながら鏡台の前に腰掛けていた。

長い銀髪を垂らし、薄いシフォラ《夜の衣》を身につけた少女。

鏡に映る自分はまるで別人のようで、妙にそわそわしてしまう。

「ねえ、ミーナ。おかしなところはないかしら」

背後の侍女を振り返りつつ問いかければ、彼女はリデルの肩に薄手のショールを着せかけながら、優しく微笑んだ。

「とてもお綺麗《きれい》ですわ。どうぞ自信をお持ちになってくださいませ」

「ありがとう。どうしても緊張してしまって……」

透けるようなシフォラの質感が心許《こころもと》なく、思わずショールの前をかき合わせてしまう。

結婚して初めての夜。もう間もなく訪れる夫を待ち遠しく思う気持ちもあるが、これから始まることを思うと少し怖くて、ただひたすら落ち着かない。

「無理もありませんわ。初めてご夫婦で過ごす夜ですものね」

「ええ……。心臓がどうにかなってしまいそう。わたし、どうすればいいのかしら」

「大丈夫、全てアッシェン伯――旦那さまにお任せすればよいのですよ。さあ、どうぞこちらを」

ミーナは最後の仕上げとばかりに、リデルに香水を振りかける。

ほんのりと優しく香る甘い匂いに、少しだけ緊張が解《ほぐ》れた。

「ありがとう。とてもいい香りね」

「姫さまの大好きな、白薔薇《しろばら》の香水です。きっと旦那さまも気に入ってくださいますわ」

「あら、ミーナったら。その呼び方はもう駄目だって言っておいたでしょう？　わたしはもう王女ではなく、伯爵夫人《アルタ》になったのだから」

結婚式の前に注意しておいたにも拘わらず、やはり昔からの癖が出てしまったようだ。

笑いながら窘《たしな》めると、ミーナは口元に手をやり、気恥ずかしげな表情を浮かべた。

「あっ……、そうでした。失礼いたしました、奥さま」

「いいのよ、慣れるまではどうしてもね。それより——ねえ。本当によかったの？　王都に残らなくて」

笑みを収め、真面目な表情で問いかけるリデルに、ミーナが首を傾《かし》げる。

「突然、どうなさったのですか？」

「あなたは本当は、お母さまのお側《そば》に残りたかったのではないかと思って……」

ミーナの母は、リデルの乳母《ナーシー》兼教育係を務めてくれた女性だ。リデルの結婚をきっかけに引退し、今は王都の家で生活している。

ミーナはこうして嫁ぎ先まで付いてきてくれたが、ひとり残った母親のことが気にかかるのではないだろうか。

「大丈夫ですわ。母はまだまだ元気ですし、実家には頼りになる使用人たちもおります」

「でも、長く仕えてくれていた他の侍女たちはみんな、素敵な相手との結婚が決まって王都に残ったわ。ミーナにだって、いくつも縁談が来ていたのに」

ミーナは十九歳、いわゆる適齢期の女性だ。

ましてや王女付き侍女を務めたという経歴があれば、結婚の申し込みは引く手あまた。どんな良縁さえも望める。

実際ミーナの同輩たちのほとんどは、名家の跡取りや裕福な豪商といった相手との縁談に恵まれた。貴族出身のミーナなら、どれほど素晴らしい相手と結婚できただろう。

だからこそリデルは、婚家まで付いて行くというミーナの申し出を初めは断ったのだ。

アッシェンへは新たに雇い入れた侍女たちだけを伴えば十分だから、王都に留《とど》まるようにと。

幼少期から共に育ったミーナと離れるのは寂しかったが、それは我儘《わがまま》というもの。

ミーナの母は乳母としてリデルによく仕えてくれたが、裏を返せばつまり、それだけ実の娘であるミーナに我慢を強いたということだ。

ミーナはそれが乳母の仕事だから気にしてなどいないと言うが、リデルとたった三つしか離れていない彼女が、母親に構ってもらえなかったことを一度も寂しく思わなかったはずがない。

リデルはミーナが大好きだ。単なる主従関係としての感情ではない。友として、そして姉のような存在として慕っている。

そんな彼女が、自分のために幸せを犠牲にすることだけはやめてほしかった。

「あなたには幸せになってほしいの。わたしのせいでお母さまに甘えることもできず、ろくに遊びもせずこれまで忠実に仕えてきてくれたけれど……。色々と我慢もしてきたでしょう?」

けれどミーナはあっさりと首を横に振った。

「何を仰《おつしや》るのですか、奥さま。私は我慢なんて少しもしておりません。そうして他人のことを考えすぎるのは昔からの悪い癖ですよ」

「でも……」

「それに新しい侍女たちは、まだ奥さまのお世話に慣れていないでしょう？　古参の侍女がひとりは付いていて、教育してあげないと。例えば奥さまのこの、柔らかい御髪《おぐし》。これを結う時のコツを教えておかないと、奥さまの頭は三日で鳥の巣になってしまいますわ」

大真面目なミーナの言葉に、リデルは一瞬虚を突かれて無言になってしまう。けれどすぐその意図に気付き、破顔した。彼女は自分に遠慮をさせまいと冗談を言ってくれているのだ。

「ええ。たしかに世界中を探しても、わたしの髪をあんなに綺麗に結えるのはあなたくらいね。結婚式の時の髪型も、皆から褒めてもらえたわ」

「そうでしょう？　それに私は、自分の意志で奥さまにお供しようと思ったのですよ。だって奥さまのいらっしゃる場所が、私の居場所なのですから」

「ミーナは大げさね。でも、ありがとう。あなたにそう言ってもらえて、本当に嬉《うれ》しいわ」

実際、彼女が側にいてくれるというのは、リデルにとって非常に心強いことだ。

生まれてこのかた王都を出たことのないリデルにとって、アッシェンは右も左もわからない場所である。

新しい環境で新しい使用人たちに囲まれて生活する中、見知った人間がいるというのはそれだけで支えになるものだ。

「改めて、これからもよろしくね。頼りにしているわ、ミーナ」

「こちらこそ、よろしくお願いいたします。これまで以上に、誠心誠意お仕えいたしますわね」

そう言って頭を下げると、ミーナは壁際の柱時計に目をやった。

「……と、そろそろ旦那さまがいらっしゃる頃ですね。私はそろそろ失礼して、控え部屋に戻らせていただきますね。何かございましたら、呼び鈴を鳴らしてお知らせください」

「ええ。今日はあなたも疲れたでしょう。ゆっくりお休みなさい」

リデルの私室から続く控えの間へ去るミーナを見送ると、リデルはそっと椅子から立ち上がり、窓を開けた。

満天の星が、まるできらきら光る天蓋のように地上を覆っている。

月は丸く、ぼんやりと乳白色の光を放っていた。

ふわりと涼やかな夜風が忍び込み、湯上がりで上気した頬を心地よく撫でていく。

空なんて、どこで見ても同じだと思っていた。それなのに今宵《こよい》の空が殊更美しく感じるのは、長い間胸に抱いていた、密《ひそ》かな夢が叶《かな》ったからだろうか。

初恋の人と結ばれるという、そんなささやかで大それた夢が。

『はずれ姫』

人はリデルを、そんな風に呼ぶ。

生まれた時から身体の弱かったリデルは、大国エフィランテ王家の一員であるにも拘《かか》わらず、滅多に人前に姿を現さない引っ込み思案な王女として知られていた。

頭脳明晰《めいせき》で才能豊かな兄姉たちと違い、公務もまともにこなすことのできない落ちこぼれの第四王女。

民はおろか城で働く女官ですら、リデルの顔を知らない者がいるという始末だ。

身体が弱く寝込んでばかりの末娘を、家族は非常に心配し、優しく慈んだ。

熱を出すたび母が手ずから粥《かゆ》を食べさせてくれ、具合が悪くなるたび忙しい父が公務の合間を縫って見舞ってくれる。兄も姉も、『小さな妹』をいつも気にかけてくれた。

遠方によい薬があると聞けばすぐに取り寄せ、高名な医師がいると聞けば金に糸目を付けず呼び寄せる。王宮の敷地内で最も静かな場所には小さな離宮が建てられ、リデルは五歳になる前からそこに移り住んだ。

離宮での生活はリデルにとって、真綿に包まれたような柔らかいものであった。

乳母や侍女たちは皆親切で優しく、家族も頻繁に訪れては、楽しい話や面白い話を披露してくれた。

花を愛《め》で読書に浸るような、穏やかな生活。

そういった日常は、リデルの弱い身体にとっては非常によいものだったと言えるだろう。

しかし柔らかいものばかりに包まれた生活は、元々繊細だった精神にとっては逆に、あまりよくない影響を及ぼしたのかもしれない。

閉ざされた世界は、リデルを気弱で極端に人見知りする少女に育ててしまった。

そのきっかけとなる事件が起こったのは、リデルが十歳頃のこと。長姉イヴリンの誕生日に開かれた、茶会での出来事である。

あの頃のリデルは非常に大人しい性格ではあったものの、今ほど人付き合いを恐れてはいなかった。

ちょうど身体の調子もよい時期で、茶会に顔を出す程度なら問題ないだろうと医者からのお墨付きもらった。

だから姉の許可も得た上で贈り物を持参して、会場となる中庭へ赴いたのだ。

離宮の裏庭で大事に育てた、白い薔薇。それを一輪ずつ丁寧に摘んで、とっておきの綺麗な包装紙とリボンで花束を作った。

――イヴリンお姉さま、喜んでくれるかなぁ。

白薔薇はイヴリンが最も好む花。そしてリデルも一番好きな花だ。

姉が喜ぶ姿を想像しては胸を高鳴らせ、前の晩はなかなか寝付けなかった。

それが原因かもしれない。

茶会当日の朝、なんとなく熱っぽいという自覚があったのに、リデルはそのことを誰にも言わなかった。

たいしたことはないだろうという思いもあったし、乳母や侍女たちに言えば、茶会へ参加できなくなってしまうという恐怖もあった。どうしても、姉の誕生日を祝いたかったのだ。

そうして身体の不調を隠して参加した結果、リデルは途中で倒れてしまった。あまりの香水臭さに頭痛や吐き気まで催し、芝生の上で何度も嘔吐《おうと》した。

その時、招待客の女性が扇で口元を隠しながら、はっきりとこう言ったのだ。

『やだ、汚らしい』

リデルを見て眉をひそめたのは、ひとりだけではなかった。

あちらこちらから、ひそひそと不満を口にしているのが聞こえてきた。

『みっともない。せっかくの茶会が台無しではないか』

『姉君に恥をかかせて。身体が弱いなら部屋に引っ込んでいればいいのに』

背中をさすってくれていた姉が、激怒する声が聞こえた。

慌てて駆けつけてくる侍女たちの足音や、焦ったような医師の声も。

そうして意識を失い、離宮の寝室で目覚めたリデルは、心配して枕元に付いていてくれていた姉に泣きながら謝った。

『お茶会を台無しにしてごめんなさい。お姉さまにご迷惑をかけてごめんなさい』

姉は、そんなことは気にしなくていいと優しく諭してくれた。

『周りの人の言うことなんて気にしないで。わたしは、あなたが来てくれて嬉しかったのよ。具合の悪いことを気付いてあげられず、ごめんなさいね』

その後、姉があの茶会に来ていた友人数名と縁を切ったことを知ったリデルは、大変な後悔に襲われた。

自分のせいで大好きな姉に迷惑をかけた。自分さえ茶会に参加しなければ、姉が友達を失うことはなかったのに。

その頃からだ。

一部のごく親しい人間を除き、他人を前にすると、足が竦《すく》んでまともに話せなくなってしまったのは。

挨拶をする程度のことでも声が喉にひっかかり、詰まってしまう。問いかけられても頷くことさえできず、相手が苛立《いらだ》っているのではないかという焦りが鼓動を速める。

そんな時、脳裏には必ずと言っていいほど、茶会の光景がよみがえった。苦しみ蹲《うずくま》るリデルに向けられた、蔑みの目。人々の嘲笑が。

自分が他人を不快にさせるかもしれないということが、怖くてたまらなかった。

以来、リデルは極力、人前に姿を現さないよう気をつけてきた。

十三歳の誕生日を迎える頃には身体も少しは丈夫になっていたが、毎年開かれる建国記念式典も、女神の祈りの儀も、王室主催の舞踏会も、全て具合が悪いと言って断ってきた。

それでも、どうしても顔を出さなければならない行事はある。

その際は侍女の陰に隠れるようにして俯《うつむ》き、早くこの時間が終わるよう祈り続けた。

やがて、常に俯き加減で自信のないリデルには『はずれ姫』というあだ名が付き、人々の嘲笑の的となった。

オスカーと初めて出会ったのは、そんな風に呼ばれ始めて数年が経《た》った頃――。

リデル十四歳、そしてオスカー十六歳の、ある夏の夜のことだった。

§

その日王宮では、第一王女イヴリンの結婚を祝うため大規模な夜会が開催されていた。

大勢の人がひしめき合う大広間には、楽団の奏でる優雅な音楽が流れている。

長いテーブルの上には豪勢な料理が彩りよく並び、美しく着飾った人々は酒杯を片手に、談笑を楽しんでいた。

誰もが第一王女の結婚を喜び祝福する空気の中、リデルは耐えきれない具合の悪さに、青ざめながら柱にもたれかかっていた。

口元を押さえ、込み上げる嘔吐感を必死で堪《こら》える。

念のため何も口にしてこなかったにも拘わらず、気を抜けば胃の中のものを戻してしまいそうだ。

共に来ていた侍女とはいつの間にかはぐれ、周囲には見知った顔もない。

そんな中で醜態を晒《さら》すリデルを、周囲の人々は遠巻きに見ていた。

――あれがはずれ姫……。

――王家のお荷物の……。

――出来損ない……。

どこからともなく、侮蔑の声が聞こえてくる。

誰もリデルに手を貸そうとはせず、声をかけようともしなかった。

すぐにでも逃げ出したかったが、誰かの支えがなければ歩けそうにもない。

とうとう立っているのも苦しくなり、思わず蹲った、その時だった。

「大丈夫ですか、王女殿下《プリンシア》」

凛《りん》としたその声に、リデルは僅かに肩を震わせ、顔を上げた。

黒い騎士服に、銀の飾緒。正騎士《キャヴァリス》の礼装を身につけた黒髪の青年が、白い手袋に覆われた手をリデルに差し出していた。

彼はリデルが立てそうにないのを見て取ると、すっとその場に跪く。

「――失礼」

一言そう断ると、今にも嘔吐しそうな顔色のリデルを躊躇《ためら》いなく抱き上げた。

「あ、あの……っ。わたし、とても見苦しくて……。それにお召し物を汚してしまうかも……」

何せ先ほどから込み上げる嘔吐感を必死で堪えているのだ。本当は初対面の男性にこんなことを言いたくなかったが、彼の服を汚すよりはと、恥を忍んで訴える。

すると青年は驚いたように目を瞠《みは》り、ぶっきらぼうに告げた。

「……このような時にそんな些末《さまつ》なことは気にしません」

そうして周囲が驚きにざわめく中、涼しい顔をして広間を後にしたのだ。

リデルを抱いているにも拘わらず、少しもそれを感じさせない足取りで、彼は廊下を颯爽《さっそう》と歩く。

「あ、あの、下ろしてください。自分で――」

「具合の悪い貴婦人を歩かせるわけには参りません。貴女《あなた》は自分の心配だけをしていれば結構」

歯に衣《きぬ》着せぬ彼の発言は、ともすれば無神経とも思えるものだったが、不思議と嫌な感じはしなかった。リデルにとっては青年の愛想のない態度よりよほど、広間の人々から向けられた悪意のほうが怖かったのだ。

「このまま、私が離宮までお送りいたします」

「も、申し訳ありません。ご迷惑をおかけします」

きっぱりとした口調に、これ以上ここで押し問答していても無駄だと悟ったリデルは、大人しく従うことにした。

それでも彼が少しでも不快な思いをしていないか心配で、つい口を開いてしまう。

「あの……お嫌ではありませんか？」

「？　何のことでしょう」

「わたしは、その……〝はずれ姫〟ですし……。今日もせっかくのおめでたい席なのに、こんな風に台無しにして……」

自分で言っていて情けなくなるが、事実なのだから仕方がない。

離宮まで送るという発言からして、彼も相手が誰なのか知らずに手を差し伸べたわけではあるまい。正騎士ということは間違いなく貴族だ。この国の第四王女が『はずれ姫』と呼ばれ敬遠されていることを、知らないはずがない。

リデルの問いかけに、彼はすぐには答えなかった。

長いこと沈黙が流れ、やはり彼も本心では不快なのだろうと思い始めた頃、静かな声が降ってくる。

「……人前に出るのが苦手なのに、姉君の結婚をお祝いしにいらしたのでしょう」

「え……、は、はい」

「だったら、貴女は〝はずれ姫〟などではない。……思いやりのある、素敵な姫君だ」

ぼそりと放たれた言葉に、リデルは一瞬、聞き間違いでもしたのかと思ってしまった。

彼のように凜々しい青年から『素敵な姫君』と言われればどんな女性でも喜ぶだろうが、リデルの場合は嬉しいと思うより驚きが先立ち、ただただ呆《ほう》けるばかりだった。

しかし青年によって離宮へ送り届けられた後、リデルの頭からは彼の姿や言葉が離れなくなった。

そうして、気付いたのだ。

家族や身近な使用人以外でそう言ってくれたのは、彼が初めてだということに。

「あの方はどこのどなただったのかしら？　改めてお礼を申し上げたいわ」

そんなリデルの言葉に、侍女たちはすぐ、彼の名前を調べてくれた。

アッシエン伯爵《アルト・アッシエン》の嫡子、アーリング家のオスカー卿《ステア・オスカー・ディ・アーリング》。

高貴な身分と端整な顔立ち、そして冬の湖を思わせる印象的な瞳の色から『氷の騎士』の異名を取る騎士。

異例の速さで正騎士の叙任を受けたという輝かしい経歴により、多くの女性たちから憧れの眼差《まなざ》しを向けられているらしい。

名前を知り、リデルは早速、彼に手紙をしたためた。

いつもより時間をかけて丁寧な文字で礼の言葉を綴《つづ》り、自分で選んだ綺麗なカフリンクスを同封した。

手紙を出してしばらくは音沙汰がなく、余計な事をしただろうかと落ち込みもしただけに、返事が届いた時はとても嬉しかった。

手紙の内容はとても淡々としていたけれど、彼が書いたものと思えばどんな文章でも嬉しくて、毎日飽きもせず読み返した。

共に送られてきた美しい装丁の本は、何よりリデルの一番の宝物となった。

呪いにより竜の姿に変えられた王子《プリンス》を、心優しい姫君が救う物語――。手紙に添えられた『思いやり深い貴女に相応《ふさわ》しい本だと思います』という言葉が、どれほど優しく胸に染みたことか。

初めは、単なる憧れだと思っていた。

誰もが見て見ぬふりをする中、人目も気にせず手を差し伸べてくれた彼の強さが、臆病な自分にはとても眩《まぶ》しく映ったのだろうと。

しかし今思えばその時にはもう既に、恋に落ちていたのかもしれない。

彼がリデルを『はずれ姫ではない』と言ってくれた、その瞬間から。

その後、リデルはオスカーの噂《うわさ》が流れてくるたび熱心に耳を傾け、彼が馬上槍《やり》試合へ参加することを知るたび、競技場へ足を運ぶようになった。

目立たぬよう物陰から試合の様子を見つめ、馬上で槍を掲げる凛々しい姿に、密かに頬を染めた。

常日頃から離宮に閉じこもってばかりで友人を作ろうともしなかった娘のそんな変化に、両親が気付かぬはずはない。

「ステア・オスカー卿《オスカー》と、結婚したいかね」

ある日突然、父からそんな質問をされた。

ひとりの騎士に熱い視線を注ぐ末娘を見て、彼はきっと、こう思ったのだろう。

幼い頃から病弱で、さまざまなことを我慢してきた娘を、せめて好きな相手に娶《めあわ》せてやろうと。

その時、自分がなんと答えたのかはっきりと覚えてはいない。

是非にと答えたい気持ちを必死で堪え、オスカーが迷惑でなければ、というようなことを口にした記憶がある。

その後、父とオスカーとの間でなんらかのやりとりがあったのだろう。

数日後に父が離宮を訪れ、告げた。

「ステア・オスカーが結婚を快諾したよ。お前との縁談をとても喜んでいた」

その時、リデルは天にも昇る心地だった。今、世界中で一番幸せな娘は、自分をおいて他にはいないと思うほどに。

§

「——これで大丈夫でしょうか」

そう言って、リデルは料理人たちに籠の中を見せる。

中には色とりどりの具材が挟まったサンドウィッチが、丁寧に詰められていた。

「ばっちりですよ、奥さま」

「奥さまの愛情こもったお弁当、旦那さまもきっと喜んでくださいますね！」

料理人たちの励ましを受け、リデルはほっと口元を綻ばせた。

「ありがとうございます。不慣れなものですから、お手間を取らせて本当に申し訳ありません。ですが、皆さんのおかげで本当に助かりました」

一ヶ月間、みっちり厨房《ちゆうぼう》で料理の特訓をつけてもらった礼を口にすれば、料理人たちは照れたように笑う。

「いえいえ、なんの。奥さまの覚えがとても早くて、こちらとしても教え甲斐《がい》がありました。もちろん、お弁当を作ってみたいと初めて厨房にいらっしゃった時は、正直驚きましたが」

「元王女さまがエプロンを着けて包丁を握っている姿なんて、滅多に見られるものではありませんからね。いいものを見せていただきましたよ」

冗談めかした口調に釣られて笑いながら、リデルは改めて籠の中に目を落とした。

ゆでた海老《えび》と玉子サラダ。ピクルスにハム。トマトにレタスに、蒸した鶏肉《とりにく》。

形は少々不格好かもしれないが、料理人たちの助言をもらって作った、栄養たっぷりの特製サンドウィッチだ。

身体が資本である騎士にとって、食事の内容はとても重要だ。

だからこそ、騎士の妻は常日頃から栄養価に気を配り、夫の健康を支えなければならないのだという。

もちろんこのアッシェン城のような大きな城では、大勢の料理人を抱えている。城主夫人であるリデルが自ら厨房に立たずとも、美味《おい》しく栄養価の高い食事が提供されるのだ。

それでも、何か少しでも役に立ちたい、喜んでほしいと思うのが恋する乙女心である。

こうして一念発起して料理の練習を始めたリデルだったが、これがなかなかに難しかった。

何せ調理用具はおろか調理前の食材さえ手にしたことがない、正真正銘の箱入り王女《プリンシア》だ。

当然、包丁や竈《かまど》なんてまともに使えるはずもない。

――乳母《ナーシー》に、料理の作り方をきちんと習っておけばよかったわ……。

ここ一ヶ月で包帯だらけになった指を見ながら、リデルは後悔のため息を吐く。

毎日のように傷を作ってくるため、侍女たちからはいずれ指を切り落とすのではないかと、本気で心配された始末だ。

けれど、悪いことばかりではない。

特訓によって少なくともサンドウィッチだけは他人に出せる程度には上達したし、料理人たちとも親睦を深められた。

階下の者と交流することをよしとしない貴族も多いが、この城では違う。

『使用人たちの支えがあるからこそ快適な生活ができる』

城主であるオスカーのそんな考えの下、厩番《うまやばん》からメイド、洗濯婦に至るまで、余所《よそ》では考えられないほどの丁重な扱いを受けている。

だからこそリデルも夫に倣い、できる限り使用人たちと交流の場を設けるようにしたいと思っていた。

ちょうどその時、扉の隙間から廊下の様子を窺《うかが》っていた料理人のひとりが声を上げる。

「奥さま、旦那さまがいらっしゃいましたよ！」

それとほぼ同時にコツコツと近づいてくる固い足音が聞こえ、皆、慌てて声を潜めた。

「それでは奥さま、我々は仕事に戻りますので」

「頑張ってください」

励ましの声をかけ、料理人たちは次々と厨房の奥へ消えていく。

——大丈夫、きっと。何度も味見したもの。

籠を抱え上げたリデルは自分にそう言い聞かせながら、何度か深呼吸を繰り返した。

そしてそっと扉を開け、外に足を踏み出す。

「だ、旦那さま……！」

上ずった呼びかけに、今まさに玄関扉から出ようとしていたオスカーが、ゆっくりと振り向いた。

漆黒の髪に、同じく漆黒の騎士服。腰に佩いた剣までもが黒い鞘《さや》で覆われている中、冬色の目だけが、まるで闇夜に浮かび上がる湖のように玲瓏《れいろう》たる光を湛《たた》えている。

久々に見る夫の姿にますます緊張感を高めながら、リデルはぎこちなく話しかけた。

「お、おはようございます。あの……っ」

「——何か」

無愛想に問われ、リデルは少々臆しながらも勇気を振り絞って籠を差し出した。

「こちらを、よろしければお持ちくださいませ」

「……これは？」

「今朝、作ったサンドウィッチです。お昼に召し上がっていただければと……」

「今朝？――貴女が？」

胡乱《うろん》げに見つめられ、籠を持つ手に自然と力がこもる。

眇《すが》められた冬色の目が籠からリデルの包帯だらけの指へ移動し、そこで止まった。彼の表情がみるみるうちに剣呑《けんのん》な色に染まり、空気がひりつく。

竦みそうになるのを必死に堪え、リデルは言葉を続けた。

「旦那さまが領地の視察でお留守の間、余所の奥さまたちからお話を伺ったのです。騎士団では、お昼に妻の作ったお弁当を持参する方も多いのだと。それでわたし、料理人の方たちに教わって――」

「そんな必要はない」

あまりに簡潔な、布を裁ち切るようなきっぱりとした言葉に、一瞬、何が起きたのかわからなかった。口を開けたまま呆けるリデルに、夫は眉を寄せ固い声で告げる。

「貴女がそんなことをする必要はないと言った。それとも誰か、貴女にこうしろと？」

「い、いいえ……。わたしが勝手に……」

リデルは俯きながら、小さな声で答えた。

今回のことは、誰の指示も受けていない。むしろ侍女たちからは、奥さまがそんなことをする必

要はないと止められたほどだ。

最後まで言い終えることができず言葉を詰まらせていると、頭上で小さなため息が落ちる。

「……貴女は何もしなくていい。余計なことをせず、ただ大人しくしていればいいんだ。わかったな？」

「……はい」

答えるなり、夫は振り返りもせず出て行った。

残されたリデルは籠を差し出したままの状態で固まっていた腕を、力なく落とす。

——余計な、こと。

夫の言葉を頭の中で反芻《はんすう》するなり、つんと鼻の奥が痛む。

目の縁に涙が滲《にじ》みかけたその時、背後から声をかけられた。

「あら、奥さま？　こんなところでどうなさったのですか？」

手の甲で慌てて涙を拭い、振り向けば、そこにはミーナが立っていた。

「いいえ、何でもないわ。旦那さまのお見送りをしていただけよ」

泣いていたことを隠すため、殊更に明るい声で告げる。

しかしミーナは、リデルが持っている籠に目をとめると、怪訝《けげん》そうに眉をひそめた。

「ですがそちらは、旦那さまにお渡しする予定のサンドウィッチでは……」

ミーナを心配させまいと何か言い訳を口にしようとしたが、咄嗟《とっさ》に言葉が出てこず、口ごもってしまう。

そんなリデルの様子から、あえて説明せずとも事情を察したらしい。

ミーナがさっと表情を変え、怒りをあらわにする。

「そんな……！　奥さまがあんなに頑張って作っていらっしゃったのに、あんまりです！」

「いいのよ、ミーナ。わたしの作った下手なサンドウィッチより、食堂で出てくるお料理のほうがいいに決まっているわ。あなたたちに止められたのに、聞かなかったわたしが悪かったのよ」

微笑んでみたが、長い付き合いのミーナにはそれが空元気だとすぐにわかってしまったらしい。

「悪いのは旦那さまですわ。結婚してからずっと、奥さまをろくに顧みもせず……。ようやく視察から帰って来られたのに、お部屋を訪ねてくるわけでもない。これでは夫婦とは言えません」

「そんなことを言っては駄目よ、ミーナ。それに旦那さまはお忙しい方だもの。きっともう少し落ち着いたら、ご一緒に過ごしてくださるわ」

ミーナをなだめようと口にした言葉は、自分でも信じられないほど弱々しく響く。誰よりリデル自身が自分の発言を信じていないのだから、仕方のないことだ。

思い出すのは結婚式の夜のこと。

寝室でオスカーを待ち続けるリデルの許《もと》に、とうとう彼の訪れはなかった。

後で聞いた話によると、彼は夜明け近くまで友人たちと酒を酌み交わしていたらしい。そしてリデルに伝言も置き手紙もなく、朝日が昇るなり半月に亘る領地視察へ旅立ったのだ。

そのことを知ったのは朝食の席。オスカーの姿が見当たらないことを不思議に思いメイド頭に聞いたところ、申し訳なさそうに答えてくれた。

少し不安な気持ちを抱えながらも、リデルは彼の帰りを待った。

きっと急を要したのだ。視察さえ終われば、今度こそ蜜月が始まるはず。

しかしオスカーが戻って半月が経っても、期待したような甘い生活は一向に訪れなかった。

純白を纏《まと》い嫁いだ花嫁は、夫に愛され身も心も彼の色に染め上げられることで初めて、真実《ほんとう》の妻と認められる。

それなら未《いま》だ清いままのリデルは、一体なんだというのだろう。

『白い結婚』

初夜を終えていない不完全な夫婦を指すその言葉が、胸に重く圧《お》しかかる。

問題は夜の話だけではなかった。

同じ城に住んでいるというのに、リデルがオスカーと顔を合わせる機会は極端に少なかった。ごくたまに何か話しかけても、先ほどのような素気《すげ》ない態度が返るだけ。

初めの内は、そういう人なのだろうと思っていた。

何せ領主であり騎士団長という、責任ある立場の人だ。己を律し常に冷静であることを心がけていたとしても、何もおかしくはない。

しかしよく見てみれば、彼は特別感情の起伏に乏しいわけではなかった。

騎士団の仲間や使用人たちに対しては笑顔を見せることもあるし、楽しげに会話をしていることもある。

一方リデルに対しては、笑顔を見せることもないし、必要以上の会話をしようともしない。

まるで、関わり合いになることを避けているかのように。

落ち込むリデルをミーナはこれまで何度となく慰めてくれたが、最近では、励ましの言葉も底を突いたようだ。

無理もない。オスカーの取り付く島もない態度を見ていれば、どんな慰め上手も口を閉ざすだろう。

「せっかくだし、これはあなたが召し上がってくれる？　見た目は少しいびつかもしれないけれど、味は料理長の保証つきよ」

「奥さま……」

「それでは……、わたしはお部屋に戻るわね」

ミーナに籠を渡し、リデルは自室へ足を向けた。

痛ましげなミーナの視線に気付かないふりをしながら。

§

その話がリデルの耳に入ったのは、オスカーと結婚し、二ヶ月ほどが経った頃だった。

「――まあ、奥さま。ごきげんよう」

ミーナと共に庭を散歩していたリデルは、前方からやってくる女性に声をかけられ、足を止めた。

豪奢《ごうしゃ》な赤いドレスを身につけた若い女性が、数名の侍女を引き連れやってくる。

「ごきげんよう……、マデリーンさま」

ドレスの裾を摘まみ膝を折って礼をする相手に、リデルも同じく淑女の礼を返す。

マデリーンは準男爵家の娘であり、アッシェン騎士団で副長を務める正騎士《キャヴァリス》アーサーの妹だ。

親友である兄共々オスカーからの信頼が厚いらしく、これまで行儀見習いとして、女主人がやるような仕事をいくつか任されてきたらしい。

そのため、彼女は騎士団の家族用宿舎ではなく、特別に城内の客間を与えられそこで生活している。

「お散歩ですの？　このようによいお天気ですと、わたくしものんびり日光浴でもしたくなりますわ」

日傘を差し掛けるミーナと、歩きやすいドレスを身につけたリデルを交互に見て、マデリーンがにこやかに笑う。

「ええ、日差しが気持ちよくて。……よろしければご一緒にいかがでしょう」

リデルはぎこちない微笑みを浮かべながら、遠慮がちに誘いの言葉を口にした。

本音を言えば、マデリーンとの散歩は気が進まない。

初めて挨拶を交わした時から、リデルは三歳年上の、この美しい女性が苦手だったからだ。

けれど夫が信用している相手ならば、妻である自分が歩み寄るべきだというのが、リデルなりの考えだった。

「お誘いはありがたいのですが、大事な用事がございますの。奥さまだけで楽しんでいらしてくださいな」

「そう、ですか。それは残念です。ではぜひまた、別の機会にでも……。それでは、失礼いたします」

思わず安堵《あんど》してしまった罪悪感を和らげるため、付け加えるよう言いながらその場を去ろうとする。

しかしマデリーンの声が、リデルの足を再び止めた。

「そういえば奥さま、あの噂をご存じ？」

「いいえ……。どのようなお話でしょう」

意味深長な物言いに嫌な予感を覚えつつ、冷静さを装いながら問い返す。

するとマデリーンは真っ赤に塗られた唇をつり上げ、信じられない一言を放った。

「まあ、やはりご存じではありませんでしたのね。旦那さまの懇意にしている女性のお話ですわ」

「え……」

「農村に住む、貧しい女性ですの。名前は確か……シャーロットと言ったかしら」

愕然《がくぜん》とするリデルを気にすることもなく、マデリーンは更に話を続ける。

「旦那さまは、お忙しい仕事の合間を縫っては頻繁に彼女の家を訪ねているようですわ。つましい生活を不憫《ふびん》に思ってか、何度も彼女を城へ呼び寄せようとしたのだとか」

奥さまがいらっしゃるのにね、とマデリーンは気の毒そうに告げる。

だがその目も、口も、何も知らないリデルを嘲るように美しい弧を描いていた。

「わたくしも一度だけ、彼女の姿を目にしたことがありますけれど、それは美しい女性でしたわ。質素な格好をしていても、笑顔は太陽のように明るく、魅力的で……。旦那さまも彼女といらっしゃる時は、とても楽しそうですのよ」

押し黙るリデルに、マデリーンは追い打ちをかけるように告げる。

「町の花屋で見かけたのですが、きっと彼女のために贈る花束をご一緒に選んでいらしたのね。長いお付き合いですけれど、あんな風に優しげな笑顔の旦那さまを拝見したのは初めてでしたわ」

それは相変わらず夫婦らしいこともせず、空気のように扱われるリデルに対するあからさまな当てつけだった。

笑顔のオスカーなんて、リデルはほとんど見たことがない。

微笑みかけても目を逸《そ》らされることばかりで、会話が続くことさえほとんどなかった。

贈り物なんて、結婚してから一度も。

言い返す言葉ひとつ持たない自分が情けなくて、リデルは無意識に拳を握りしめる。

動揺が表情に出ていたのか、マデリーンが更に笑みを深めた。

「階下の者たちも申しておりますわ。旦那さまは、本当は彼女を妻にしたかったのではないかと」

その瞬間、それまで黙って成り行きを見守っていたミーナが血相を変え、口を挟んだ。

「なっ……無礼な……！　奥さまに対してなんてことを……！」

「――まあ、わたくしったら。下々の口さがない話を奥さまのお耳に入れるなんて。どうぞお許しくださいね」

ミーナの抗議に対し、マデリーンはゆっくりとした動作で、口元を扇子で隠す。

その芝居がかった仕草は非常に優雅で、無様に凍り付くことしかできないリデルを、酷く惨めたらしい気持ちにさせた。

しかし『はずれ姫』とて、なけなしの自尊心はある。

リデルは取り乱しそうになる己を精一杯抑えつけ、声が震えそうになるのを堪えながら、やっとの思いで口を開いた。

「いいえ、こちらこそ……。わたしの侍女が無作法な真似《まね》をして、申し訳ありません。ですがどうぞ、先ほどの件はあまりお気になさらないでください。噂はあくまで噂ですから」

そう、単なる噂話だ。信憑性《しんぴょうせい》なんてどこにもない、無責任な憶測。

リデルは自分自身にそう言い聞かせる。

虚勢を張るリデルの姿は、マデリーンの目にどう映っただろう。

「まあ、さすが奥さま。悠然と構えていらっしゃいますのね。でも……そうね。愛人にするならともかく、身寄りのない貧しい女性を領主の妻になんて、無理に決まっていますもの。奥さまのような高貴なお方にとっては、なんのご心配もいらないことでしたわね」

「そのような意味では――」

「奥さまもたまには、旦那さまにどこかへ連れて行ってほしいとお願いしてみてはいかが？　ご存知ないかもしれませんが、旦那さまは頻繁に出歩いておいでですのよ。それでは、わたくしはそろそろ参りませんと」

来た時と同じように優雅に膝を折り、マデリーンは城の中へ消えていった。

その後ろ姿を、ミーナが眦《まなじり》を吊《つ》り上げ忌々しげに見送る。

「なんて嫌味なのかしら……！　奥さま、あのような言葉など、少しもお気になさらなくてよいのですからね」

「ありがとう、ミーナ。でも、ごめんなさい……。少し部屋で、ひとりになりたいわ」

リデルは心配そうなミーナに背を向け、逃げるように自室へ戻る。

そうして扉を閉め、本棚に手を伸ばし、そこに収められた一冊の本を手に取った。

『白薔薇姫の涙』

表紙に白薔薇を抱いた竜の描かれたそれは、リデルの大事な宝物。オスカーからの初めての贈り物だ。

――マデリーンさまも使用人たちも、きっと勝手に勘違いしているのだわ。

オスカーは領主として非常に優秀で、領民たちから広く慕われている。何も、シャーロットという女性だけが特別なわけではない。

彼は優しい人間なのだ。『はずれ姫』を助け、このような素敵な贈り物を選んでくれるような。

――わたしは、旦那さまを信じている……。無責任な噂なんて信じないわ……。

いまだ眼裏《まなうら》に残るマデリーンの不敵な笑みを消すため、心の中で何度もそう繰り返し、リデルは縋《すが》るように本を抱きしめた。

……そうしている内に、いつの間にか眠ってしまっていたようだ。

「――ま、奥さま」

自分を呼ぶ声と軽く肩を揺さぶられる感触とに、リデルはゆっくりと重い瞼《まぶた》を上げた。

陽《ひ》は既に傾き掛け、灯《あか》りのない室内を夕焼け色に染め上げている。

その薄明かりの中、ミーナが労《いたわ》るような微笑を向けていた。

「おはようございます、奥さま」

「……おはよう、ミーナ。なんだか、随分長いこと眠っていたみたい」

軽く目を擦《こす》りながら、リデルは長椅子から身体を起こした。

すると、自身では被《かぶ》った覚えのない薄手の毛布がするりと胸元から滑り落ち、寝ている間に誰かがここへやってきたことを知る。

といってもリデルにはその『誰か』の正体なんて、ミーナくらいしか思いつかないが。

「この毛布、あなたが？」

「はい。何度かお呼び掛けしたのですが、お返事がございませんでしたので、中でお具合でも悪くなっていないかと心配になって……。勝手なことをして申し訳ございません」

「いいのよ、ありがとう」

毛布を脇に除《よ》けながら、リデルはゆっくり立ち上がる。

「もしかして、そろそろお夕食の時間かしら」

「はい。ご準備が整いましたので、お呼びしに参りました」

「そう。……旦那さまは？」

問いかけに、ミーナが軽く目を伏せる。

その動作で彼女の言いたいことを察し、リデルはあえて軽い調子で続けた。

「今日もお忙しいのね。お身体を壊されなければいいけれど」

なんともない風を装ってはいるものの、内心では相当気落ちしてしまう。

夕食の席はリデルにとって、数少ないオスカーとの交流の場だ。

そのほとんどはあまり会話もなく終わるが、彼と共に食事をとるというだけで、リデルにとってはこの上ない喜びだった。

けれど最近はその夕食ですら、やらなければならない仕事があるということで、彼が顔を出すことは極端に少なくなっている。

「さあ、行きましょうミーナ。今日の献立は何かしら？　楽しみだわ」

乱れた髪とドレスを鏡の前で軽く整え、リデルは小食堂へ足を向ける。

玄関のほうから声が聞こえたのは、部屋を出てしばらく経った頃だった。

「――それでは旦那さま、行ってらっしゃいませ」

「どうぞお気を付けて」

どうやら使用人たちが、外出するオスカーを見送っている最中だったらしい。

――せめて一言だけでも、お見送りの言葉をかけて差し上げてもいいかしら……。

妻として、そのくらいのことはしてもよいだろう。

リデルはミーナに断り、玄関へ向かうため階段のほうへ足を向け直す。

二階から階下を見下ろせば、そこには正装に身を包んだオスカーが使用人たちに囲まれ佇《たたず》んでいた。

凜々しい姿に胸が高鳴り、これから彼に声をかけることを想像するだけで緊張してしまう。

気持ちを落ち着けるため深呼吸を繰り返し、リデルは階段に足をかけた。

しかし――。

「お待たせいたしました、旦那さま」

聞き覚えのある声に、ぴたりと足が止まる。

手すりの陰に隠れるようにしながら見れば、そこには煌《きら》びやかに着飾ったマデリーンがおり、当然のような顔をしてオスカーの隣で微笑んでいた。

レースの手袋をはめた手には扇子が握られ、流行の髪型に結い上げた髪には真っ赤な造花が飾られている。

――どうして……。

どこからどう見てもお似合いのパートナーにしか見えないふたりを前に、リデルは凍り付く。

普通、既婚男性が女性を同伴する場合は、妻を伴うのが一般的だ。

世の中には愛人を伴う男性ももちろん存在するが、リデルとオスカーは、まだ新婚だ。ふたりの仲が冷めていると周囲に知らせるには、あまりに早い。

――それなのに、どうしてマデリーンを連れていくの……？

リデルはこれまで一度も、オスカーと共に夜会へ赴いたことなどない。

アッシェン伯爵家のような名門貴族に招待状が来ないということはないだろうが、きっと彼は社交嫌いで、そういった場には顔を出したがらないのだと。そう思っていた。

けれどマデリーンとオスカーの装いは、明らかにこれから夜会へ参加する者のそれだ。

握りしめた階段の手すりが、きしりと音を立てる。

それは階下で談笑する者たちにとって、気にとめる必要もないほど小さな音だったはずだ。

だというのにマデリーンの耳には、はっきりとそれが聞こえたらしい。

榛色《はしばみいろ》の瞳が、階段を見上げる。

視線が交わったほんの一瞬、自身へ向けられた表情を、リデルは見逃さなかった。

『奥さまもたまには、旦那さまにどこかへ連れて行ってほしいとお願いしてみてはいかが？』

今朝リデルにそう告げた時とまったく同じ、優越感と――微《かす》かな憐《あわ》れみ。

オスカーの腕に慣れた様子で手を回し、揃《そろ》って玄関を出て行くマデリーンの様子に、リデルはようやく悟ったのだった。

なぜ初対面の時から彼女が自分を敵視していたのか、その理由を。

§

それからも度々、リデルの耳には噂が届いた。オスカーがマデリーンを伴い、茶会や夜会に出かけたという噂が。

けれどそこに至ってもまだ、リデルは夫のことを信じたかった。

マデリーンと夜会へ赴いたのは何か事情があってのことで、ふたりが男女の仲であることを決定づけるものではないと。

オスカーの友人たちがアッシェン城へ訪れたのは、そんなある日の事だった。

貴族であり騎士でもある彼には、社交界や、見習い騎士の期間に得た友人が大勢いる。その内の数名ほどが、オスカーの誕生日を祝うため城を訪れたのだ。

「あの、できればご挨拶をさせていただきたいのですが……」

珍しく夫自身の口からその知らせを耳にし、リデルは遠慮がちに訴えた。

妻として、夫の客人をもてなすのは当然の仕事だ。けれどオスカーはきっとリデルに何もするなと言うだろうから、せめて挨拶だけでもと考えたのである。

しかしそのささやかな申し出さえ、夫は素気なく断った。

「わざわざ貴女が顔を出さなくともいい。会う必要のない相手だ」

「ですが、結婚式にも来ていただいていた方々ですし、一言でもお礼を……」

「礼状は送っておいただろう。貴女は無闇に彼らの前に姿を現さないように。わかったな？」

念押しされ、一度は食い下がったリデルも、素直に夫の言葉に従うしかなかった。

これ以上彼に、不機嫌な表情を向けられるのは怖かったからだ。

彼が友人たちと過ごすのを邪魔しないよう、食事も部屋で取ったし、部屋の外に出ることもしなかった。

元々、行動的なほうではない。本さえあれば、一日を部屋の中で過ごすことは、リデルにとってさほど苦痛ではない。

けれどリデルにはどうしても、誕生日当日にオスカーの許を訪ねたい理由があった。

それは、前々からこの日に間に合わせるため準備していた贈り物を――手作りの剣帯を渡すため。

黒地に銀の糸で施された複雑な刺繍《ししゅう》は、メイド頭から教えてもらった、伝統的な紋様だ。

アーリング家は、元々エフィランテ王国が興る以前より、アッシェンの地に暮らしていたアール族という土着の民族を祖先とする一族である。

そのアール族が神の化身とあがめていた大白鷹《しらたか》を大きく刺繍し、周囲には、陽に透かさねば見えない特殊な糸で、祖先の加護を意味する古字を縫い取った。

危険な仕事に身を置く夫のため、苦手な刺繍に毎日毎晩精を出し、一針一針思いを込めて丁寧に仕上げたものだ。

ところどころ難はあるが、メイド頭は素晴らしい出来だと褒めてくれた。

翌日では駄目ということはないだろうが、せっかくだから当日に受け取ってほしい。遅い時間ならきっと、彼の友人たちも客間に戻っているだろう。

そう思い、リデルは剣帯を手紙と共に小さな箱に入れ、綺麗なリボンをかけて夜になるのを待った。

やがて空がすっかり暗くなり、外がしんと静まり返った頃合いを見計らい、箱を持ってそっと部屋を抜け出した。

そしてオスカーの部屋の前にたどり着いた時、耳にしたのだ。彼と、友人たちの交わす会話を。

「ところでお前、なんでいつも夜会に愛人を連れてくるんだ?」

今まさに扉を叩《たた》こうとしていたリデルは、友人のひとりが発したそんな声に、自身の心臓が大きく高鳴る音を聞いた。

拳を作って腕を持ち上げた姿勢のまま固まっていると、他の友人たちがそうだそうだと同調する声が聞こえてくる。

「まだ結婚して四ヶ月だろう。なのにお前はまだ一度も、社交場に奥方を伴ったことがないじゃないか。しかも、いつも連れて来るあの赤毛の美女だけじゃなく平民の愛人までいると聞いたぞ」

「王族を妻にしておいて、さすがに不味《まず》いんじゃないか? たまには夜会に連れてくればいいのに」

これ以上聞いてはいけない。盗み聞きなんてはしたないことをすべきではない。

なのに、足はその場に縫い止められたかのように、ぴくりとも動かなくなってしまう。

どくどくと、鼓動がやけにうるさく耳に響く。

しばらく沈黙が流れた後、オスカーの声が聞こえてきた。

「彼女を人前に出す気はない」

「何でだよ？　やっぱり噂通り、人に見せられないような顔をしているからか？」

「結婚式の時も、ずっとヴェールで顔を隠してたもんなぁ」

「……関係ないだろう。彼女に華やかな場は向いていないんだ。お前たちにも会わせる気はない」

その一言が、全てを物語っていた。

友人たちが苦笑する気配が、扉越しにも伝わってくる。

「だけど、だったらなんで王女《プリンシア》との縁談に頷いたんだよ？　断ればよかったのに。あ、実は王女のこと気に入ってたりして」

「馬鹿、陛下の命令だから断れなかったんだろう。じゃなきゃあんな派手な愛人を連れてくるかよ」

「だよなぁ。陰気な〝はずれ姫〟じゃ他に貰い手《もらいて》もいなかっただろうし、陛下も必死だったろうな」

ふ、と。

オスカーの吐息のような笑い声が、妙に鮮明に響いた。

「……愚かだな」

「な、なんだよ」

「王女と結婚することで生まれる利益がどれほどのものと思っている？　莫大《ばくだい》な財産と名声、陛下の信頼。俺はそれらを、秤《はかり》に掛けただけだ。ほんの少しの我慢と……な」

酷いやつだな、と友人たちが一斉に笑う。どうせ未婚の王女と結婚させてくれるなら、美人で明るい第三王女だったらよかったのにと。

夫もきっと、薄笑を浮かべていることだろう。

すぐ側で本人が聞いていることにも気付かず、なにも知らぬ無知な王女を嘲って。

さび付いた歯車のようなぎこちない動きで、リデルは床から足を剥がした。

一歩、二歩。音を立てないようゆっくり後退し、笑い声が聞こえなくなった辺りで、くるりと踵《きびす》を返して走り出した。

早く、早く。一刻も早く、部屋に戻りたい。誰もいない、自分だけの空間に。

そうして自室へたどり着き、扉を閉めるなり、リデルはその場にへたり込んだ。

「う……」

ぽろぽろと涙が零《こぼ》れるのを、ドレスの袖で何度も拭う。

何を泣いているのだろう。

――あの程度の中傷、慣れているはずじゃない。

地味で、陰気で、貰い手のいない厄介者。美貌揃《ぞろ》いの王族になぜか生まれた、出来損ないの娘。

『はずれ姫』のくせに、どうして愚かな夢を見たのだろう。オスカーは最初から、リデルのことなど望んでいなかったのに。

彼がこの縁談を喜んで受けたというのは、娘を喜ばせるために父がついた優しい嘘《うそ》。

実際は王の命令だから、やむを得ず従うしかなかったのだろう。

誰もが頬を染めて賞賛するほどの美丈夫である彼にとって、地味な妻を友人たちに見られることは恥でしかなかったのだ。

本当は気付いていた。けれど、気付かないふりをしていた。

ありもしない希望に縋り付いて、せっせと贈り物を用意していた。なんて愚かな女なのだろう。

ひとしきり泣いた後、リデルは贈り物の剣帯を衣装部屋の奥深くへしまい込んだ。

リデルから贈り物を貰っても、オスカーは喜ばない。

冬を待ち、誰にも見つからないよう、部屋の暖炉に投げ込んで処分しよう。

せっかく作ったのに燃やしてしまうのは可哀想《かわいそう》だけれど、もう二度とあの剣帯を見たくない。役立たずとなった贈り物を見るたび、自身が望まれない妻だという現実を突きつけられるから。

§

リデルの許にはたびたび、家族たちから手紙が届いた。幸せに暮らしているか、夫に大切にしてもらっているか、愛されているか……。

父も、母も、兄も、姉も、引っ込み思案な末娘を深く心配してくれていた。

優しく気遣うそれら全てに、リデルはいつも、ありもしない夫との日常を書いた手紙を返した。

『オスカー・オスカー《ステア・オスカー》さまはわたしをとても大事にし、毎日楽しいお話で笑わせてくださいます』

『色々なところに連れて行ってくださり、たくさんの贈り物をしてくださいます』

『この間、オスカーさまと森へ遠乗りに参りました。わたしが手作りしたサンドウィッチを、とても美味しそうに食べてくださいました』

『オスカーさまがくださった珍しいブローチが、最近の宝物です』

『わたしは毎日信じられないほど満ち足りた、幸福な日々を過ごしています』

それは、悲しい嘘。リデルがどんなに夢見ても手に入らない、憧れた結婚生活そのものだった。

彼は、リデルの前で笑わない。

リデルが外に出ることを喜ばないし、手作りのサンドウィッチも喜ばなかった。

ブローチなんて、貰えるはずがない。リデルがオスカーから貰ったのは、かつて礼の手紙を出した時、返事と共に送られてきたあの本だけ。

嫌いになれたらどんなに楽だっただろう。

自分は利用価値があるだけの単なる道具に過ぎず、お飾りの妻でしかないと知らされてなお、リデルが夫への想《おも》いを失うことはなかった。

「王都へ戻りましょう。事情を話せば陛下たちも理解してくださるはずです。こんな状況……許せるはずがありません」

日に日に元気をなくしていくリデルを心配したミーナが、幾度となくそんな提案を口にする。

けれどリデルの答えはいつも決まっていた。

「わたしのことはもういいの。……お願いだから、旦那さまのお側にいさせて」

愛されないことは悲しいけれど、見返りを求めて彼の妻になったわけではない。

痛々しいほどの決意に、一番近くでリデルを見てきたミーナが何を思ったのかは想像に難くない。

彼女は知らぬうちに、王都へ手紙を出していた。宛先はリデルの年の離れた従兄《いとこ》、イーサンだ。

ミーナからの手紙で事情を知った彼は、王太子の補佐として多忙な日々を過ごしていたにも拘わらず、早馬を飛ばしてアッシェン領へやってきた。

「……酷い顔色だ。結婚式の時はあれほど満ち足りた様子だったのに、今の君はとても幸せな新妻には見えない」

部屋に入るなりイーサンは細い秀眉を痛ましげに寄せ、その手をリデルの頬へ寄せた。そんなに、ひと目見てわかるほど痩せてしまっていたのだろうか。

そういえば近頃、ドレスの胸や腰回りが少し大きくなっていたような気がする。

「一体アッシェン伯は何をやっていたんだ」

「お兄さま……」

「リル、可哀想に。君が理不尽な目に遭わされているというミーナからの手紙を読んだ時は、さすがに私も半信半疑だったが……。まさか本当だったとは。辛《つら》かったろう」

彼だけが用いる愛称。優しい労り。

結婚して半年も経たないのにもう、従兄の声が懐かしい。

不意に泣きそうになり奥歯を噛《か》みしめて堪える、その一瞬にも満たない表情の変化を、イーサンは決して見逃さない。

「――私と共に王都へ帰ろう。ここにいても君は幸せになれない。陛下に申し上げて、離縁の手続きを取るんだ」

少しは驚いたが、さほど意外な申し出ではなかった。

イーサンがアッシェンへやってきたと知らせを受け取った時から、リデルは彼が何をしにきたのか薄々察していたのだから。

直接王や王妃《クイニア》に訴えれば、事態はきっと深刻化する。きっとすぐに教会を介入させ、強制的にふたりを離縁させただろう。それがリデルの望まないことであっても。

だからミーナは先にイーサンへ手紙を出したのだ。従兄という少し離れた立場の彼ならば、家族と比べて多少冷静にリデルの話に耳を傾けるだろうと。

「ですがわたしは――」

「何を躊躇う？　君たちの結婚はまだ白いままなのだろう。ならば離婚しても君の名誉は守られる」

臆面無く告げられた言葉に、頬がかっと熱を持った。

教会によって『白い結婚』と認められた夫婦は大抵の場合、夫に非があるとみなされる。そのため妻の側は経歴に何の瑕疵《かし》を残すこともなく離縁することがほとんどだ。

しかしミーナは、そのような夫婦の事情まで手紙に書いたのか。無性に恥ずかしく思うが、イーサンの表情は真剣だ。

「君がずっとアッシェン伯に憧れていたことは知っている。期待する気持ちもわからないでもない。けれどこんな結婚生活はあんまりだ。君を顧みず、愛人とばかり過ごしているのだろう。伯父上……陛下が知ったら、どんなにお嘆きになるか」

確かにイーサンの言う通りだ。

これまでの経緯を父に説明すれば、きっと彼は激怒するだろう。家族思いの父は、娘が軽んじられていると知って黙っていられるほど優しい人間ではない。

そして娘を利用した男を、決して赦《ゆる》しはしないはずだ。

直接罰を与えずとも、王の怒りを買ったという事実だけで、オスカーは簡単に失墜してしまう。

「悪いのは全てアッシェン伯だ。君が罪悪感など覚える必要はないんだよ」

「いいえ、お兄さま。わたし、離縁はしません。父に言うつもりも……」

「っ、なぜ……！」

イーサンに反論したのは、これが初めてだ。彼のほうもまさかリデルが首を横に振るとは思わなかったのだろう。表情が硬く強《こわ》ばる。

「どんな目的があろうと、あの方は〝はずれ姫〟のわたしを娶《めと》ってくださいました。わたしは、自分にできる限りの恩返しがしたいのです」

イーサンが、大きく目を見開く。

「君は……それほど虐げられていてもまだ、あの男の側にいたいと言うのか？」

「……あの方はわたしの、憧れなのです」

「そんなに……愛しているのか」

イーサンが想像しているような『愛』とは少し違うのかもしれない。

リデルがオスカーに初めて出会った時から抱いていた憧憬は、どちらかといえば畏怖や尊敬に近かった。

それが徐々に恋愛感情に変わっていった後も、リデルの中にある本質的な部分はきっと同じ。

恩人で、初恋相手で、世界一大切な人。これから先もその想いが変わることはないだろう。

元王女を妻に据えていれば、オスカーは多大な利益を得られる。お荷物で役立たずと呼ばれた自分が、好きな人のためにできることはそれだけ。

たとえオスカーがリデルを愛する日が一生来ないとしても。利用されているだけだとしても、自分という存在が少しでも彼の幸せの手助けになるのならば、それでいい。

リデルはもう、彼から優しくされることを期待するのはやめた。

イーサンが一瞬、端整な顔立ちを大きく歪《ゆが》めた。

大丈夫かと聞くより早く、彼の腕がリデルを強く引き寄せる。

「お、兄……さま?」

胸に押しつけるようきつく抱き込まれ、リデルは一瞬何が起こったかわからなかった。

「リル。君は知らなかったろう。私が君の十六歳の誕生日に、陛下へ婚姻の許可をいただきに上がろうと考えていたことを。けれど陛下はそれより早く、よりにもよってアッシェン伯などに君を降嫁させると決めたんだ……!」

掠《かす》れた声が耳を打つ。驚いて顔を上げれば、怒りとも後悔とも付かない感情を宿した熱っぽい眼差しが、リデルをまっすぐ見つめていた。

あれほど懐かしく思っていた従兄が、なぜか急に知らない人のように思えた。

「何を仰って……！　お兄さまはわたしを好きなわけではないでしょう……!?」

従兄妹《いとこ》同士としての愛情はもちろんあっただろうが、従兄から自分に向けられる感情に、それ以上のものを感じたことなど一度としてない。そのくらいは、恋愛事に疎いリデルにだってわかる。

慌てて逃げようとしたが、イーサンの腕はびくともしなかった。それどころかますます力を込め、もがくリデルを強く抱きしめる。

「私は……っ。私がどれほど君を、大切に思ってきたか……！　幼い頃から身体が弱く、引っ込み思案だったリルを娶るのは私だけだと思っていた。それなのに」

「お願いですお兄さま、離して……！　わたしは旦那さまの——オスカーさまの妻です。こんな、」

「君は……、君は、洗脳されているんだ！　今すぐ私と一緒に王都へ戻ろう。私なら君を幸せにしてやれる。ドレスや宝石だけでない、共に過ごす時間も楽しい会話も穏やかな生活も、君の望むものなら何だって与えてやれる。君を、愛することだって——」

「クレッセン公。人の城で、人の妻と駆け落ちの相談ですか」

喉に氷の刃を突き立てられたような錯覚に陥った。

イーサンに抱きしめられ視界が封じられた状態でも、これが誰の声かなんて姿を確かめるまでもなくすぐにわかる。

一瞬、心臓が止まったかのような錯覚に陥り、次に早鐘のように鳴り響く。

じわじわとイーサンの拘束が緩み、やがて完全に腕が離れてからも、リデルはしばらく振り向くことができなかった。

「……アッシェン伯」

先にオスカーに話しかけたのは、イーサンだった。

「そうだとして、何か問題でも？　貴殿は彼女を不当に軽んじ、虐げている。聞きましたよ、リデルは未だ白い花嫁だそうですね。その上貴殿は、既に愛人をふたりも囲っていると。彼女を連れ出すのに、それ以上の理由はいらないでしょう」

ぴくり、とオスカーの眉が小さく動いた。

「なるほど、妻は余程あなたを信頼しているようだ。従兄相手とはいえ、家庭の事情を軽々しく口外するとは」

「旦那、さま」

リデルがようやく振り向いた時、そこには嘲笑を浮かべたオスカーの姿があった。

彼は恐怖で震えるリデルには目もくれず、余裕の表情を崩さないまま、イーサンとの会話を続ける。

「クレッセン公は何か勘違いをなさっているのでは？　私に愛人がいたことなど一度もありません。妻から何を吹き込まれたのか知りませんが、勝手な誤解で貶《おとし》められるのは不愉快だ」

「果たして誤解と言いきれますか？　現にリルはこんなにも不幸せそうではありませんか。こんな時だけ妻扱いとは、随分都合のいい話ですね」

イーサンの手が、オスカーから庇《かば》うようにリデルを後ろへ押しやる。その声は普段優しい従兄の姿からは想像もできないほど、辛辣な響きを帯びていた。

ふたりとも言葉自体は丁寧だが、その実、相手への侮蔑や怒りを隠そうともしていない。

まるで目に見えない抜き身の刃がぶつかり合っているかのような錯覚に陥った。

「これは驚いた。まさかクレッセン公が、夫婦の事情に首を突っ込むほど野暮な方だったとは。ですがこれは、妻と私の問題です。そして私は、貴方《あなた》をアッシェンへ招待した覚えもない」

「何だと……？」

「あなたの出る幕などどこにもありません。間男の烙印《らくいん》を押されたくなくば、どうぞお引き取りを」

挑発するようなオスカーの言葉に、普段温厚なイーサンが顔色を変える。

空気が逆巻くような感覚を素早く感じ取り、リデルは慌てて従兄の腕に縋り付いた。

「お、お兄さま！　どうか今日はお帰りください」

「リル、でも――」

「わたしは大丈夫です。大丈夫ですから、どうか……！」

これ以上ふたりのやりとりが続けば、きっと取り返しの付かない事態になってしまう。

どうか、どうかと必死で繰り返せば、イーサンの顔から徐々に険が消え、普段の穏やかな表情に戻った。

「……リルがそこまで言うのなら、君の気持ちを尊重するよ。今日のところはね」

「ありがとうございます、お兄さま……！」

「けれど、もし気が変わったのなら手紙でも何でもいい。すぐ私に知らせなさい。いいね？」

もう、この場を収めることができるならなんでもいい。

念を押すようなイーサンの言葉に、リデルはしつこいほど頷いて見せた。

それで一応納得したのか、イーサンはリデルの額に別れの口づけを落とし、部屋を後にする。

最後までオスカーの存在を無視し続けてはいたものの、ようやく従兄が帰ったことに安堵する。

しかしそれもつかの間。リデルは手首を強く摑《つか》まれる痛みによって、オスカーの怒りの矛先が今度は自分へ向けられたことに気付いた。

§

「どうやら俺は、せっかくの楽しい密会に水を差してしまったようだ」

彼がリデルの前で自身をそう称したのは初めてだった。

表面的には笑みを浮かべたまま、しかしその瞳に滾《たぎ》るほどの怒気を滲ませ、オスカーがリデルを射竦める。

これまでも不愉快そうな表情を向けられたことは何度もあった。

しかし今回のこれは、そのどれもが可愛らしく思えるほどの気迫だった。

「我が奥方殿は、さぞ落胆していることだろう」

「ご、誤解です旦那さま……！　わたしは何も――」

「しらを切るな！」

声を荒らげながら、彼はリデルを壁に強く押しつける。

ダン、と鈍い音が響き、一瞬息が止まるほど背中が痛んだ。

リデルが苦痛に顔を歪めても、夫にとってそれは大したことではなかったようだ。指が食い込むほどきつく肩を摑み、ぎりぎりと、容赦ない責め苦を与える。

華奢《きゃしゃ》なリデルに、騎士として鍛えてきたオスカーの腕から逃れられる力などない。

「い、痛い……っ。お願いです、やめてください……！」

涙を浮かべて何度か訴え、ようやく肩に加えられる力が緩んだかと思えば、今度は顎を乱暴な手つきで持ち上げられる。

夫の目は、まるで弱りきった獲物を、それでもなお追い詰めようとする獣のようだった。

これまでどんなに軽んじられようと、リデルはオスカーに恐怖を感じたことはない。

けれど今、リデルは確かに、目の前の夫を恐れていた。

怖い。今すぐここから逃げ出したい。

真綿に包まれるような生活を送ってきたリデルにとって、それは他者から初めて与えられた、暴力と言っていいほどの痛みであった。

「クレッセン公に何と言って助けを求めた？　酷い夫の許から連れて逃げてほしいと？」

「いいえ、いいえ……っ。そのようなことは、決して……！」

　否定しても、オスカーはリデルの言葉を聞いてくれない。聞こうともしない。

「しがない若造で伯爵《アルト》に過ぎない俺と違って、クレッセン公爵《クルード・クレッセン》は王族の血を引く、王太子殿下の右腕だ。元王女《プリンシア》の貴女にとっては、さぞ魅力的な理想の相手なのだろう」

「違います、わたし、本当に何も……！　お兄さまがまさかあんなことを考えていらっしゃるなんて、少しも知らなかったのです！」

　これほど長い時間、夫と言葉を交わしたのは初めてだ。

　ずっと、夢見ていた。オスカーと目を合わせ、夫婦らしく話をすることを。

　けれどそれがまさかこんな内容になるなんて――、なんという皮肉なのだろう。

　涙ながらに訴えるリデルの耳に、小馬鹿にするようなオスカーの笑い声が聞こえる。彼は唇を歪め、前髪をかき上げながら、リデルに侮蔑の視線を送った。

「その割には嬉しそうに抱き合っていたではないか。〝リル〟などと馴《な》れ馴《な》れしく愛称で呼ばせて」

「あ、あれは……！　お兄さまはわたしの従兄ですし、昔からわたしを実の妹のように――」

「貴女は誰の妻だ!!」

　空気が震えるほどの大きく鋭い声に、心臓が凍り付く。

　殴られる、と咄嗟に身体を強ばらせてしまうほどの、凄《すさ》まじい怒声だった。

幸いにして手が飛んでくることはなかったが、沸々と煮えたぎるようなオスカーの怒りは、少し声を張り上げた程度で収まるものではなかったようだ。

「貴女は、この俺の――アッシェン伯の妻だろう！　それを分別のつかぬ子供の頃と同じように、他の男に親しげに愛称で呼ばせるなど……っ。騎士の、伯爵夫人《アルタ》としての矜持《きょうじ》や自覚はないのか!?」

リデルは、ハッと息を呑《の》んだ。

オスカーの言っていることは、誰がどう聞いても正しいと肯定するであろう、貴族の妻として当然の心得だった。

嫁いだからには、リデルはそれ相応の覚悟と気構えを持つべきだった。未婚の時と同じ軽い気持ちで他者に、特に異性に接するわけにはいかない。

頭ではわかっていたつもりなのに、リデルは今、夫から指摘されるまでまったく理解していなかった。

「も、申し訳ございません……っ。わたし……、そこまで深く考えずに……」

「ああ、そうだろうな。王女として、いくらでも良縁を望めたのだ。それを、さほど歴史も財もない伯爵家の、それも妾腹の私生児だった卑しい男に娶られた。伯爵夫人としての矜持など持てるはずもない」

己の失態に青ざめるリデルを、オスカーは更に容赦なく追い詰める。

リデルは何度も首を横に振った。

そんなことはありえない。もし彼が貴族でも、騎士でも、資産家でなくとも、リデルにとってそんなことは関係ないのだ。

彼が口にした私生児という話だって、社交界では有名な話なのかもしれないが、今初めて聞いたくらいだ。

リデルがオスカーに憧れたのは身分や財などという、そんな即物的な理由ではない。具合の悪いリデルを厭《いと》いもせず近づき、煩わしい顔ひとつせず助けてくれたから。ただそれだけだ。

だけどリデルにとって宝石のようなその思い出も、オスカーにとっては道ばたに落ちた石ころに等しかったらしい。

結婚が決まってから初めて彼と顔を合わせた日。あの時は助かりましたと、改めて感謝を述べるリデルに、彼が返した言葉はたったこれだけだった。

『そのような昔の些事《さじ》など覚えておりません』

「旦那さま……。わたし、は、旦那さまに嫁げることを、幸せだと……。そう思って、望んで妻に……なったのです」

青ざめ、震える唇で、リデルは何とか言葉を紡ぎ出した。

彼がどう思おうが、リデルは望んで嫁いだのだ。これだけは伝えておかなければならないと、そう思った。

けれどリデルの勇気は、いとも簡単に踏みにじられる。一番信じてほしい相手から。

「嘘をつかずともいい。貴女にとって俺の妻になったという事実が、輝かしい人生についた一点の染みでしかないことはわかっている」

違うと何度否定しても、オスカーは聞く耳を持たなかった。

とうとうリデルは何も言えなくなり、ふたつの目からぽろぽろと涙を零すことしかできなくなってしまう。

石を呑み込んだように喉がつかえ、胸が重い。

――ああ、やはり落ちこぼれのはずれ姫だ。

――まともに反論すらできぬ、愚劣な姫よ。

リデルを嘲笑する人々の声が頭の中で渦巻いているかのよう。

そうして泣きながら黙り込んだリデルを見て、オスカーがくっと喉を鳴らして笑う。

その意味を考える間もなく、リデルは瞬く間に彼の腕に捕らえられていた。

足が床から浮き、身体の重心が大きく揺らぐ。傾いだ身体を支えようと縋り付いた先にあったのは、綺麗に火熨斗《ひのし》がけされたオスカーのシャツ。

そこで初めて、自分が彼に抱き上げられていることに気付いた。

何をするつもりなのかと声を上げるより早く、リデルの身体は何か柔らかいものの上に投げ出される。

鈍い衝撃に顔をしかめた瞬間、ぎしりと大きな音が聞こえた。目を開け、真っ先に視界に飛び込んできたのは、自分に圧《お》しかかるオスカーの冷たい視線。そして彼の背後に広がる、見慣れた天蓋の模様。

自分が今どこにいるのかを正しく悟ったリデルは、思わず身体を捩《よじ》って彼の下から抜け出そうとした。

しかしそれより早く、手首を敷布に縫い止められる。

「貴女が望む望まないに拘わらず、今、俺の妻である以上は務めを果たしてもらわなければならない」

ひ、と喉の奥で上がった声が、彼の耳に届いたかどうか。

昏《くら》い光を宿した目が近づき、唇と唇が触れあうほど間近に、彼の整った顔が迫った。

吐息を交換するほどの距離で、オスカーは笑いながら、残酷な言葉を吐く。

「貴女に、妻として一番大切な役目を与えよう。――跡継ぎを産むんだ」

「な……」

「今までは遠慮していたが、先ほどのように俺が居ぬ間に別の男を引っ張り込まれては面倒だからな」

――旦那さまは、何を言っているの？

痺《しび》れた頭の中に、彼の言葉が上手《うま》く入って来ない。意味が、理解できない。

愕然とするリデルの返事を待たず、というより元から返事を聞くつもりもないのだろう。オスカーは笑みを完全に消し、凍《い》てつくような冷たい眼差しで、刃のような言葉で、リデルの心を切り裂いた。

「俺は〝カッコウの雛《ひな》〟を育てる気はない。クレッセン公でも、別の誰かでもない。アーリングの、

正真正銘俺の血を引いた子を産む。それが貴女に求められる最も重要な義務だ」

屈強な騎士の前でどんなに抵抗しようと、リデルは力なき赤子と同じだった。

悲鳴は彼の唇に呑み込まれ、誰にも聞き届けられることはない。

花が強い風になぶられ折れるように、その日、リデルが胸に抱いていた甘い幻想は無残に摘み取られた。

§

初夜を過ごし、真実オスカーの妻になりたいと思っていた。

けれどこんな形で——なんて、決して望んでいなかったのに。

優しさも、甘さも、労りも、リデルが期待していたようなものは何ひとつなかった。

ただ辛くて、心も身体も痛くて、ばらばらに引き裂かれそうだった。

翌朝になり、全身の痛みと疲労で動けず呆然《ぼうぜん》と涙を流すリデルを、彼は侍女に全て任せて置き去りにした。

そんな悪夢のような日から二ヶ月。リデルの部屋にはたびたび、オスカーが訪れるようになっていた。

ただ、彼の口にした目的を果たすためだけに。

朝を共に迎えたのは、最初だけ。それとて別に、リデルと過ごしたかったからというわけではない。空が白み始めるまで、彼の怒りが収まらなかったからというだけの話だ。

一度目を除いては、オスカーの手つきに荒々しさを感じることも、怒りを感じることもなかった。淡々とした行為の最中、彼は割れ物に触れるかのような態度でリデルに接した。身体を気遣う言葉さえ口にした。

さすがにあのようなやりかたは不味かったと、彼なりに反省したのかもしれない。元々は高潔な騎士なのだ。

その微かな優しさに初めて出会った頃の彼を見いだし、リデルの胸は小さな喜びを覚えた。しかし後日、ミーナのもたらした知らせに、リデルはまたしても己の浅はかさを思い知った。

オスカーはリデルに、自身の許可がなければ部屋から出ることさえ禁じたのだ。

『俺は〝カッコウの雛〟を育てる気はない』

あの時彼が口にした言葉が、頭の中で幾度も鳴り響いた。

一体自分はいつまで、希《のぞ》みのない期待ばかりしてしまうのだろう。これほどまでに、彼から信用されていないというのに。

だが誰よりこの状況を悲しんだのは、リデル本人ではなくむしろミーナだったのかもしれない。

「私のせいです……。奥さまは何度も止めたのに、私が公爵さまに手紙なんて書いたから……。余計なことをして、奥さまを傷つけて……っ」

「ミーナ、泣かないで。あなたのせいではないわ」

後悔を滲ませ泣きじゃくるミーナの背を、リデルは静かに撫でた。

確かに、リデルの命令を聞かず勝手に手紙を書いた行為自体は、侍女として褒められた行動ではなかったかもしれない。けれどリデルはそれが、ミーナの思いやりゆえだと知っている。

きっと彼女が一番、自分自身の行動を責めているはずだ。

「わたしが軽率な行動で、旦那さまを怒らせてしまったの。あなたがしたこと、全部わたしのためだって分かっているわ」

——驚いた。こんな状況でも、わたしはまだ笑えているのね。

そのことが少しだけ誇らしかった。

§

部屋に閉じこもったまま、日々は過ぎていく。

軟禁も同然の状態で以前にも増して静かに過ごすリデルを心配し、ミーナが何度も、外に出ようと誘ってくれた。

『奥さま、今日はとても天気がよいですよ』

『お花が綺麗ですよ』

『お城の敷地内を散策するくらいなら、旦那さまが反対なさることもないでしょう』

沈んだリデルを元気づけようというミーナの気持ちは嬉しかった。

けれど厭われていることがわかっていながら平気で出歩けるほどの強い精神を、リデルは持ち合わせていなかった。

もうこれ以上、オスカーの不機嫌な表情も冷ややかな眼差しも見たくなかった。これ以上、彼に厭われたくなかった。

「何か、欲しいものはないか」

ある日の晩、彼はふとそんなことを口にした。共に過ごす上で、そんな質問は初めてのことだった。

気まぐれか、あるいは何らかの意図があったのかはわからない。

けれど理由が何にせよ、リデルは自分の欲しいものが絶対に手に入らないことを知っている。

「何も……。今持っているものだけで、十分です」

「……そうか」

答える彼は、どこか不満そうに見えた。

また別のある日、リデルは外から楽しそうな声が聞こえてくるのに気付き、部屋の掃除をしていたメイドにあれは何かと尋ねたことがある。

するとメイドは、村の子供たちを招いて食事会を行うのだと教えてくれた。オスカーが領主になってからは半年に一度、必ず決まった日に開催しているのだそうだ。

子供は未来を紡いでいく宝だからというのが彼らしい。

興味を引かれて窓から外を覗《のぞ》いてみると、庭を大勢の子供たちが歩いていた。見知らぬ女性が先頭に立って引率している。

艶やかな栗色《くりいろ》の髪をひとつに束ね、質素な衣服に身を包んだ、若い女性。

子供たちに何かを話しかける彼女の、太陽のように温かな笑顔を見た瞬間、リデルは悟った。

オスカーが面倒を見、心を砕き、城で共に暮らそうと乞うている女性は彼女なのだと。

あれが、シャーロット。

リデルとそう年は変わらないだろう。彼女の訪れを、オスカーは心から歓迎しているようだった。

リデルには見せたこともない柔らかい微笑で迎え、優しい抱擁と頬への口づけを贈っていた。

――綺麗な、人。悔しいくらい。

胸がざわつくほどの嫉妬で黒く染まる。けれどそれ以上に、そんな感情を抱く醜い自分に耐えきれなかった。

リデルはすぐにカーテンを閉め、仲睦《むつ》まじいふたりの姿を視界から追い出した。

その夜は珍しくオスカーの訪れがなかった。翌朝わざわざマデリーンがやってきて、シャーロットが城の客間に泊まったのだと教えてくれた。

きっと、オスカーも一緒に。

毎月身体に起こるはずの変化が遅れていることに気付いたのは、初めてオスカーと夜を過ごし、三月《みつき》が経った頃だった。

すぐに医師が呼ばれ、診察が行われた。

懐妊を告げる言葉に、リデルはしばらく放心状態になった。

嬉しかった。大好きな人との子だ、喜ばないはずがない。

けれど同時に、不安もあった。

愛がなくとも子は作れる。だが愛のない相手との子供を、オスカーは愛してくれるだろうか。

アーリングの子を産めと、彼は言った。けれど跡継ぎが必要なことと、その子を愛せるかどうかは別の話だ。

その日の晩、部屋へやってきたオスカーは、しばらく押し黙ったままリデルを見つめた後、静かに口を開いた。

「……これからは十分に自愛するように」

言葉と共に渡されたのは、鞣《なめ》し革《がわ》の鞘に収められた綺麗な短剣だ。

しっかりとした作りで、持ってみればその小ささからは想像できないほどに、ずしりと重い。

「私の祖先であるアール族には、身ごもった妻へ短剣を贈る習慣があったそうだ。悪《あ》しきものとの縁を断ち切り、妻が無事に出産を終えられるように――。無事に子が生まれるようにと、願いを込めて」

「これを……、わたしに……?」

「この短剣が、いついかなる時も貴女の身を守ることを願っている」

きっと彼にとって大事なのはリデルではなく、王家の血を引く跡取りなのだろう。けれど、理由なんてなんでもよかった。

気まぐれでも、彼自身の意志でリデルに贈り物をくれたことが嬉しかった。

「ありがとうございます、大切にいたします」

ひび割れた心に、染み渡るような喜びが広がって行く。リデルは微笑んで、礼を告げた。

その日から毎日、短剣を陽にかざしては飽きもせず眺めた。

食事をとる際も、夜眠りにつく時も、室内を移動する時ですら、オスカーの望んだ通り肌身離さず持ち歩いた。

そんなリデルを、マデリーンが嗤《わら》う。

「いつも短剣をお持ちになっているなんて、奥さまは並の女性とは心構えが違いますのね。さすが〝騎士団長の妻〟ですわ」

聞けば騎士が妻に短剣を贈るのには、その身が夫以外に穢《けが》されそうになった際、自ら命を絶つためという意味があるのだそうだ。

「大昔の古臭い習慣ですから、今はほとんど廃れていますけれど……。わたくしだったら恐ろしくて、とても自害のための道具など持ち歩く気になれません。それが夫からの贈り物だとしたら、尚《なお》更《さら》ですわ」

「わたしは……」

リデルは短剣を握りしめ、まっすぐにマデリーンを見つめ返した。

「わたしは騎士の妻として、どんな時も正しくありたいと思っています。きっと旦那さまも、それを望んでいらっしゃるでしょう」

初めて正面から目を合わせたせいだろうか。

マデリーンは一瞬呆《ほう》けたような顔をした後、きゅっと唇を噛《か》みしめ、足早に去って行った。

身ごもっている期間、オスカーは夫としての最低限の義務とばかりに、一週間に一度だけリデルの許を訪れた。

気分は、体調は、欲しいものは。何かあればすぐ侍女へ伝えるように。

そんな味気ない会話の最後は毎回お決まりのように、身体を大事にしろという一言で終わる。

気付けば、赤子のための乳母《ナーシー》が決まっていた。有名な画商の妻だという彼女は既に三度の出産経験があるらしく、実に健康的な体型の理想的な乳母だった。

「初めまして、奥さま。マリアンヌ・モリスと申します。初めてのご出産で色々と不安なこともございましょうが、どうぞ頼りにしていただければ幸いでございます」

四人目の子の産み月がちょうどリデルの半年ほど前だという彼女は、大きな腹を抱えながら親しげに笑った。

「ありがとう、モリス夫人《フェレナ・モリス》。どうぞよろしくお願いします。早速だけれど、伺ってもよろしいでしょうか？」

「はい、何なりと」

「その……。この子が生まれる前に、何かしておいたほうがいいことはありますか？」

医者に言われて軽く身体を動かしたり、侍女たちと共に産着を縫ったりはしているものの、経産婦の視点から何か助言があれば是非聞いておきたい。

そう問いかければ、彼女は少し考えた後にこう言った。

「母親の声はお腹《なか》の子にも聞こえているそうです。本を読んだり話しかけてあげたりすればよろしいですよ。きっと喜びます」

リデルは早速、モリス夫人の助言を実行することにした。日に日に大きくなっていく腹を撫でながら、そこに存在しているであろう赤子へ向けて毎日ぎこちなく話しかける。

「わたしの……赤ちゃん。お母さまが、ご本を読んであげるわね。以前あなたのお父さまにいただいた、大切なご本よ。〝――遠い昔の話です。とある国に〝白薔薇姫〟と呼ばれる美しく心優しき姫がいました。彼女の名はエミリア――〟」

宝物のように大事にしていた本を、リデルは丁寧に読み聞かせた。

相変わらずオスカーはあまりやってこないけれど、彼から貰ったこの本を読むことで、腹の子に少しでも父親の存在を感じ取ってもらいたかったから。

「奥さまはきっとよいお母さまになられますね」

本を読むリデルの姿を素描しながら、モリス夫人が微笑む。絵を描くのが得意だという彼女は、リデルを見舞うたび、こうして絵を描いてくれるのだ。きっといい思い出になるからと。

「そう、かしら。……そうだったら嬉しいわ」

夫人から渡された絵に描かれたリデルは、いつも泣きそうな顔で笑っていた。

§

やがて産み月を迎えたリデルは、元気な女の子を産み落とした。

華奢な身体で出産に耐えられるだろうかと誰もが心配していたが、予想されていたより遥《はる》かに安産だった。

真っ赤な顔をくしゃくしゃにしながら一生懸命産声を上げる娘の姿は、きっと永遠に忘れられない。

「おめでとうございます、奥さま」

「可愛《かわい》らしいお嬢さまですよ。ほら、どうぞお抱きくださいまし」

身を清められ、清潔な布にくるまれた我が子を、リデルは伏したまま受け取る。

「……可愛い」

とても、とても小さな娘だった。この世の何より愛《いと》おしく思った。

共に産室に入り側でずっと励ましてくれていたモリス夫人は、ひとしきり泣いた後、紙に向かってせっせと鉛筆を走らせ始めた。

「奥さまとお嬢さまの姿絵を描いております。記念すべき日ですもの」

「嬉しいけれど……。でも、今とてもやつれているから、恥ずかしいわ」

「何を仰《おっしゃ》います。命を産み出した女性の姿は美しく尊いに決まっておりますわ」

リデルの許にオスカーが顔を出したのは、出産を終えてから数時間後のことだった。

「ご苦労だった。……ゆっくり身体を休めるように」

産着姿の娘を抱いたまま寝台に身を横たえるリデルにそう声をかけたきり、これ以上何も言うことが見つからないとばかりに黙り込む。

落胆しているのかもしれない。男の子でなければ跡継ぎにはなれない。

それでもリデルはこの時、自分が新たな命を無事この世へ送り出せたことに、満足していた。

「……旦那さまに、そっくりです」

不意にそんなことを口にしたのは、今にも出て行きそうな気配を漂わせるオスカーを無意識に、引き留めようとしたのかもしれない。

体力を大きく消耗したせいか、この時のリデルは少しばかり、平常心を失っていたようだ。

しかしおかげで彼は足を止め、複雑な顔で娘を覗き込んだ。

生まれた時は瞼が腫れて糸のように細く見えていた目だが、今は腫れも引き、時折その瞳を覗かせるようになった。オスカーと同じ澄んだ冬色。そして頭にはうっすらと黒い髪が生えている。

「――似ているか？」

「ええ、とても。旦那さまに似て、綺麗なお顔をしています。ミーナは、鼻や唇の形がわたしに似ていると喜んでおりましたけれど」

「……そう、か。娘……なんだな。俺の……。貴女の」

ふにゃふにゃと頼りなげな娘を見つめながら噛みしめるように呟《つぶや》かれた言葉は、なんとなく感慨に満ちているように聞こえた。それが単なるリデルの願望だったのか、あるいは彼自身が目の前にいる赤子を『カッコウの雛』でないと認めて安堵していたのかはわからない。

それを確かめる間もなく、オスカーが視線を娘からリデルに戻したから。

「何か――希望はあるか。この子の、名前の」

「……エミリア」

ごく自然に、リデルはその名を口にしていた。

「エミリアという名は、いかがでしょうか」

オスカーは気まぐれに贈った本のことなど覚えてはいない。

リデルが腹の子へ向かって何度も繰り返し読み聞かせた、あの思い出の本のことなど。

けれどリデルにとって、これ以上相応しい名前はなかった。

恐ろしい呪いに立ち向かい愛する人を救う、心優しく勇敢なエミリア姫。

――この子も、そうありますように……。

「エミリア・ディ・アーリングか。……いい名だな、とても」

久しぶりに、彼と普通の夫婦のような会話をした気がした。

エミリア誕生の報を受け、国中が祝いの空気に沸いた。アッシェン城には連日贈り物が届けられ、訪問客も後を絶たなかった。

陛下は常に大勢の人の声で賑《にぎ》わい、頻繁に祝宴も開かれる。

その様子に耳を傾けながら、リデルはひっそりと、ぼろぼろの身体を癒した。娘は早速モリス夫人の手に託され、リデルは泣き声すら耳にできない日々を過ごした。

§

エミリアが生まれて半月が経ち、ひと月が経ち、二ヶ月目を迎えた。

元々体力があるほうではない。リデルは医師の判断により、一般的な基準に比べて少し長く床につく必要があった。

何度か熱を出し、起き上がれない日が続くこともたびたびあったが、リデルが伏せっている間、やはりオスカーが顔を出すことはほとんどなかった。

「お願い、ミーナ。一瞬でもいいからエミリアの顔が見たいの。どうか旦那さまに、わたしがエミリアに会いたがっていることをお伝えしてちょうだい」

それはここへ嫁いで初めての、リデルから夫への願い事だった。

伝言を携え、ミーナがオスカーの許へ赴く。しかし返ってきたのは、一瞬でも娘に会いたいという母のささやかな希望を却下する言葉だった。

「その……旦那さまは、産後の奥さまのお身体に負担をかけるのが心配だと仰っておいでです」

言いにくそうに告げられたその言葉は、本当にオスカーが口にしたものなのだろうか。

もしかすればミーナはにべもなく断られたリデルを哀れに思い、嘘をついたのかもしれない。リデルを傷つけないための、優しい嘘を。

床払いをして二週間後。リデルは久々に体調もよく、ようやくエミリアに会いに行くことを許された。

意外にもオスカーは、小さな娘のために肌触りのよい産着をたっぷり揃え、立派な寝台やたくさんの玩具を揃えてくれたらしい。

『エミリアお嬢さま《ディエラ・エミリア》のお部屋の中は、大勢の方々から届いた可愛いぬいぐるみやお人形でそろそろ埋め尽くされそうですわ』

モリス夫人がそう言いながら、室内の様子を描いた絵を見せてくれたことを思い出し、リデルは小さく笑った。

生まれたのが男児でなくとも、夫は我が子を特別冷遇するつもりはないらしい。むしろ乳母からの話を聞くに、彼は娘を可愛がってくれるのではないか。

もしかしたらエミリアを産んだことをきっかけに、少しはオスカーと歩み寄れるかもしれない。愛し愛される夫婦ではなくとも、子を育て導く家族として。

しかし娘のために用意された日当たりのよい部屋に足を踏み入れようとした瞬間、中から聞こえてきた声にリデルは身体を強ばらせた。

「なんて可愛らしい赤ちゃん……。髪も、目の色も、あなたと同じね」

彼女と直接喋《しゃべ》ったことなんて、一度もない。

なのに、どうしてわかったのだろう。その声が、シャーロットのものだと。

立ち尽くすリデルの耳に、今度はオスカーの声が聞こえてくる。

「抱いてみるか？」

これほど柔らかな彼の声を、リデルは初めて耳にした。

彼は愛しい人を相手に、こんな風に喋るのか。

「いいの？　でも、さっき言ってたじゃない。この子は人見知りだって……。泣かせたら可哀想だわ」

「お前は特別だ。きっと大丈夫だろう」

オスカーの発した言葉が鈍器のように、ガンとリデルの頭を殴りつける。

布が——恐らくエミリアの被っていた掛布が擦れる音がし、少し遅れて、シャーロットの溜息《ためいき》が落ちた。

エミリアの泣き声は、聞こえない。

「まあ、見て。今わたしを見て笑ったわ。ふふ、いい子ね」

「やはり俺の思った通りだ。エミリアもお前を好きだと言っている」

「そうだと嬉しいんだけど。……でも、こんなに愛おしい気持ちになったのは初めてよ。きっとあなたの子だからね。オスカー」

とろけるような甘い笑みまで容易に想像できるような、親しげな呼びかけだった。

それはオスカーのほうも、同じ。

「シャーロット、またいつでもこの子に会いに来てくれ。エミリアも喜ぶ」

その後、リデルは自分がどうやって自室へ戻ったのか覚えていない。

気付けば目の前に心配そうな顔をしたミーナが立っており、長椅子の背もたれに身体を預けるリデルの肩を、名を呼びながらそっと揺さぶっていた。

それから何日経っても、頭にこびりついて離れなかった。

シャーロットと呼びかける、オスカーの柔らかな声音が。

心に入った罅《ひび》が、パキリと小さな音を立てた気がした。

静かに、静かに。

水を与えられぬ花のように、リデルは生きながらひっそりと枯れていく。

熱を出すたび食事もろくに喉を通らず、あれほど好きだった読書をする気にもなれず虚《うつ》ろな日々を送るリデルの許に、ある日珍しくオスカーがやって来た。

彼は、以前より更に痩せたリデルを見るなり顔を歪めた。不快そうに眉根を寄せた彼が発したのは、リデルへ療養を勧める言葉。

「領地の外れに、母が好んだ別荘がある。ここに比べて気候も穏やかで空気もよく、住民たちも明るく気質がいい。しばらくそこで身体を休めてはどうだ。城のことも、エミリアのことも、貴女は何も心配しなくていい」

出来損ないでも、さすがに彼の言葉の真意がわからないほど愚かではない。

自分は、夫に見限られたのだ。

行きたくないと、縋り付きたかった。なんでもいいからあなたと娘の側にいたいのだと、泣いて訴えたかった。

けれどそれ以上に、みっともない真似をして彼を困らせたくなかった。

「お気遣い、ありがとうございます。お言葉に甘えさせていただきます」

リデルが身体を壊したことによって、オスカーは療養という大義名分を得た。誰に非難されることなく、要らぬ妻を余所へ追いやることができる。

「旦那さまから伺いましたわ。別荘に療養にいらっしゃるそうですわね。お身体の弱い方は大変ですわね」

その日の夜、早速マデリーンが部屋を訪ねてきた。

リデルがいなくなることは、城中に知れ渡っているようだった。

「奥さまがご不在の間も、女主人としてのお仕事はこれまでと同じようにわたくしがやっておきますわ。どうぞご心配なく、いつまでも別荘でお身体をお休めくださいな」

自分がいなくても、城のことはマデリーンがいれば事足りる。

エミリアの世話はモリス夫人《フェレナ・モリス》が。そうして娘がもっと大きくなれば、シャーロットが母親代わりとなるだろう。

オスカーは、リデルを必要としない。これまでも、そしてこれからも。

マデリーンからわざわざ嫌味を言われなくとも、城を出たリデルがここに戻ってくる日は、きっと一生やってこない。

「ご迷惑をおかけします、マデリーンさま。……どうぞ、よろしくお願いいたします」

もう、今更彼女から何を言われても響かない。

乾いてカサカサになった唇で、リデルは微笑を形作った。我ながら、よくできた笑みだった。

§

出立の朝、オスカーはわざわざリデルを馬車まで見送ってくれた。

「別荘を管理しているのは、気立てのよい老夫婦だ。心煩わせることなく、ゆっくり休むように」

その言葉は彼からの、名目だけでも妻だった女に対する、最後の情けだったのだろう。

「愛しているわ」

リデルは娘の白い頬に唇を寄せ、小さく囁いた。

離ればなれになっても、生まれたばかりの赤子の記憶に母の存在が残らなくても、エミリアがリデルにとって宝物である事実は一生変わらない。

「さようなら。どうかお元気で」

帰りを望まれぬ別れの言葉が、こんなに辛いとは思わなかった。

滲みそうになる涙を堪え、リデルは精一杯の虚勢を張って見送りの人々に頭を下げた。

泣くまい。決して、涙は流さない。最後まで微笑み胸を張って、そして全身で告げるのだ。自分は愛した人の許へ嫁げて幸せだったのだと。

一分の隙もない優雅な礼――それは元王女《プリンシア》だったリデルが最後に見せた、なけなしの矜持だった。

領主夫人の出立を告げる鐘の音が、アッシェン中に響き渡る。

「奥方さま、どうかお元気で」

「我々使用人一同、心より奥さまのお戻りをお待ちしております！」

何も知らない使用人たちが、手やハンカチを振り別れを惜しんでくれる。

「ありがとう、皆さん。どうぞお身体を大事になさって、旦那さまを支えてあげてくださいね」

「奥さま！」

「奥さま……っ」

中には泣いている者までいた。

料理の仕方を根気よく教えてくれた料理人たち。親切にしてくれたメイドたち。覚えの悪いリデルに呆れもせず、熱心に刺繍の仕方を教えてくれたメイド頭――。

女主人としてまともに仕事もしてこなかったリデルに、皆、よく仕えてくれた。

リデル、ミーナ。そしてアッシェン騎士団副長アーサーを筆頭とし、護送のため結成された精鋭部隊総勢五十名を越える一団は、人々の声に見送られ城の正門を後にする。

馬車に乗り込んでからも、リデルは車窓から身を乗り出すようにしてエミリアと夫の姿を最後まで見つめ続けた。

ふたりの姿が豆粒のようになり、やがて見えなくなっても、二度と会えないであろう愛しい人たちの面影を目に焼き付けるために。

けれどその後すぐ、リデルの目が永遠に閉ざされることになろうとは——一体誰が、予想していただろうか。

それは城を出て数刻が経った頃だった。

エンベルンの森に差し掛かった一行は短い休憩を終え、再び別荘へ向けて出発しようとしていた。

しかしリデルたちが馬車に乗り込んでしばらく経って、急に外の様子がおかしくなったのだ。

護衛たちのものであろう、呻《うめ》き声《ごえ》が聞こえてくる。それに気付いたリデルは、同行していたミーナと顔を見合わせた。

「どうしたのかしら、様子が……」

「一体何が……。アーサーさま、どうなさったのですか？」

ミーナが馬車の外にいる副長へ呼びかける。

しかし返事はなく、代わりに狼狽《うろた》えた御者の声が聞こえてきた。

「お、おい、どうしたんだ？　大丈夫か！」

ガシャガシャと、重い金属が地面に落ちるような耳障りな音が響く。

まるで、騎士たちが鎧《よろい》ごと倒れ伏すような——。

「皆、どうした！　一体何がっ、」

困惑する御者の声をかき消すように、大勢の男たちの乱暴な声と、馬の鋭い嘶《いなな》きが聞こえた。

「な、なんだお前たちは！　何を……ッギャァァァァァァ!!」

およそ普通の人生を送っていれば耳にすることがないであろう御者の悲鳴に、リデルとミーナは固く身を寄せ合い、震え上がった。

悲鳴が止み、外が静寂に包まれる。

馬車の周囲を、人が取り囲む気配があった。――それが騎士たちでないことは、状況を見れば明らかだ。

歯の根が合わず、ガチガチと音を立てる。抱きしめ合う腕にそれまで以上に力がこもった瞬間、唐突に激しい音が響いた。

馬車の扉が大きく軋《きし》みながら、外から強引に開かれる。ぬっと差した影は、これまで見たこともないほど柄の悪い男のものだった。

「へへっ、アンタが姫さんか」

男が無精髭《ひげ》の向こうで黄色い歯を剝き出しにし、凶悪な目つきで笑った。

その背後には、同じような格好をした男たちがにやつきながら立っている。皆、服を返り血で汚していた。

「お、奥さま、私の後ろにっ」

今にも倒れそうな顔色をしながら、ミーナはリデルを背後に庇おうとする。しかし男はそんな彼女の手を摑み、無理矢理外へ引きずり出した。

「てめェら、その侍女を捕まえとけ。邪魔されると面倒だ」

その指示に、外にいた男たちが嬉々《きき》としてミーナを拘束する。

ミーナの悲鳴が、森中に響いた。

「ミーナッ！　やめて、彼女を離しなさいっ」

大切な友が殺されてしまうかもしれない状況に、リデルは一瞬恐怖を忘れ、馬車から飛び出そうとする。

しかし先程の無精髭を生やした男が、扉を塞ぐように立ちはだかりそれを止めた。ぎらついた目が、無遠慮にリデルの全身を舐《な》め回す。

「あ、あなたたちは一体……。何者なのですか!?」

「さァてねぇ。ま、アンタらからしたら取るに足らない無法者ってやつさ。しかしアンタ、ちっと痩せすぎだが中々の上玉じゃねぇか。こりゃ儲《もう》けモンだぜ」

男の下卑た笑みを見れば、これから己がどのような目に遭わされるかなど嫌というほど想像がつく。けれどそれ以上に、捕らわれているミーナのことが気にかかった。

――わたしが。

じりじりと近づいてくる男に気付かれぬよう、リデルは腰のリボンに手を伸ばす。指先が、硬く冷たい感触に触れた。

男の手が胸に伸びてきた一瞬の隙を、リデルは見逃さない。

——わたしが、ミーナを守らないと……！

隠し持っていた短剣を素早く抜き、ミーナを助けねばという一心で振り下ろす。

刃は運良く男の耳を切り落とし、醜い絶叫が耳を劈《つんざ》いた。

「頭《かしら》ァ!!」

「このアマ、よくも頭をっ！」

「来ないで！　来たらこの男の命はないものと思いなさい！」

耳を押さえながら蹲る男の首に刃を当て、リデルは声を張り上げた。自分でも、どこにこんな力が眠っていたのか不思議だった。

頭目を人質に取られ、動揺した男たちの手がミーナから離れる。

リデルはすかさず視線を移した。騎士たちの乗っていた馬は全て絶命している。しかしミーナのすぐ側に、ならず者たちのものであろう馬が数頭佇んでいた。

「逃げなさい、ミーナ！　行って、助けを呼ぶの！　あなたならできる」

ふたりで逃げれば助からない。けれど乗馬の得意な彼女なら、きっと。

「奥さまを置いてなんていけません……！　一緒に……っ」

きっとミーナは、ここにリデルを置いていけばどうなるかわかっている。だから目に涙を浮かべ、頑《かたく》なに残ろうとする。

そんなミーナだからこそ、生きてほしいと思った。

「これは命令よ！　いきなさい!!」

常に物静かで、声を荒らげることなど決してなかった主人の空気を震わすような叫びを受け、ミーナが弾《はじ》かれたように顔を上げる。

「すぐに……すぐに助けを呼んで参ります！　どうかそれまで……っ」

彼女は未練を振り切るように背後の馬へ飛び乗り、胴体を蹴って走り出した。ほぼ同時に、耳を失った痛みと衝撃から男が立ち直る。

「てめェ、この小娘が……！　調子に乗りやがって！」

胸ぐらを掴まれたかと思えば、強い力で外に放り出される。

華奢な身体は簡単に地面へ倒れ伏し、砂の上を無様に転げる。しかし痛みに顔をしかめながらもリデルは決して、短剣だけは手放さないよう必死で握りしめていた。

助けを呼べと言ったが、ミーナが戻って来た時にはきっともう、何もかもが手遅れになっている。もし命を奪われなかったとしても、この無法者たちはリデルに、女性にとって最大の屈辱を与えるに違いない。

そして妻を傷物にされたオスカーは、人々から後ろ指を指されるだろう。そこに彼の過失が一切ないとしても、世間は時に恐ろしいほど残酷だ。

自分は何を言われてもいい。他者からの陰口には慣れている。

けれどオスカーは。

リデルが汚されれば、彼の名誉に傷が付いてしまう。妻をならず者に汚された男と笑い物にされてしまう。

そうなるくらいだったら、いっそ自分で――。

……ああ、そうだったわ。

短剣の感触を指先で確かめながら、リデルは彼が以前口にしていた言葉を思い出す。

『この短剣が、いついかなる時も貴女の身を守ることを願っている』

ならばきっと、今がその時だ。

――そうよ。わたしは自ら望んで、旦那さまの許へ嫁いだの。

リデルはゆっくりと立ち上がる。短剣を首に押し当て、ぐっと力を込めた。

――ならば最期の瞬間まで、騎士の妻として。誇り高きアッシェン騎士団長、オスカー・ディ・アーリングの名に恥じない生き様を。

「何をするんだ!?」

「や、やめろ……っ」

慌てたような盗賊の声が、遠い。

そのまま一気に、喉の上で刃を滑らせた。

赤い、赤い血が、降り注ぐ。

生温かい感触が肌の上に広がって行き、視界が徐々にぼやけていく。

首を掻《か》ききったというのに、不思議と苦痛は感じなかった。ただほんの少し、胸が痛かった。

――ごめんなさい……エミリア。そして、ありがとう。

心から愛した、たったひとりの男性。

――一時《ひととき》でもあなたの側にいられて、わたしは幸せでした。

この世で最も愛するふたりへの言葉は音になることもなく、風に乗って消えていく。

閉ざされた瑠璃色の目から、ころんと涙が流れた。

それはまるで、リデルの中にあった命の、最後のひと欠片《かけら》のよう。

沈む意識の中でリデルは温かな涙の感触を、確かに感じ取っていた。

もう、何も見えない。

何も聞こえない。

全てが闇に呑み込まれる中、リデルの頭の中にある光景が浮かび上がる。

黒い騎士服に、銀の飾緒。

白い手袋に包まれた右手を遠慮がちに差し出すオスカーの、労るような眼差し。

冴え冴えとした、冷たい青。リデルの大好きな、冬色の瞳。

『大丈夫ですか、王女殿下《プリンシア》。私が離宮までお送りいたします』

――はい、旦那さま。

リデルは彼の手を取り、そっと幸せな微笑みを浮かべた。

それが、リデル・ラ・シルフィリア・ディ・アーリングの、最後の記憶。

人々から『はずれ姫』と蔑まれ、夫に愛されなかった花嫁の、短すぎる人生の終焉《しゅうえん》だった。

# 一章　新たな人生

ジュリエット・ディ・グレンウォルシャーはスピウス暦一四三〇年、エフィランテ王国郊外フォーリンゲンにてこの世に生を受けた。

とあるうららかな春の日のことである。

フォーリンゲン子爵夫妻待望の初子として生まれた彼女は、長いこと子宝に恵まれなかった子爵夫妻にとって目に入れても痛くない、大切な宝物だった。

少しでも熱が出ればすぐ医者が呼ばれ、庭で転びでもしようものなら周辺の石は全て撤去される。蝶《ちょう》よ花よとはこのことだ。

行きすぎた過保護ぶりではあったものの、それにはれっきとした理由が存在する。ジュリエットがまだ四歳の頃、長引く高熱で冥府へ足を踏み入れかけた経験があるからだ。

四日間生死の境を彷徨《さまよ》った末ようやく意識を取り戻した娘を見た時、神がこの子に奇跡を授けたもうたと感じた――と夫妻は後に語っている。

とはいえ身体《からだ》が弱かったのも今は昔のこと。

その後すくすくと育ったジュリエットは十歳を迎える頃にはすっかり健康体になり、両親の過保護ぶりも徐々に落ち着いていった。

淑女教育を受ける傍ら、領地で働く農民の息子たちと追いかけっこや木登りをし、子爵令嬢《ディエラ・ヴィアルト》としては驚くほど活発な幼少期を過ごした。

広大な葡萄《ぶどう》畑と大きなワイン工場を持つ資産家の父と、かつて王宮騎士団長を務めた豪傑の娘である母。

のどかな田舎の領地で、優しい両親と気立てのよい使用人たちに囲まれて育つ日々は、ジュリエットを素直で明るい伸びやかな娘に成長させた。

このままほとんど苦労をすることもなく、幸福な一生を終えるだろう。

周囲も、そしてジュリエット本人も、そう思っていた。

——はずだった。

それはまるで天変地異のように、ジュリエットの身になんの前触れもなく襲いかかった。

十六歳の誕生日を迎えてしばらく経《た》ったある日、ジュリエットは父であるフォーリンゲン子爵《ヴィアルト・フォーリンゲン》と共に、遠方に住む祖母の見舞いへ訪れていた。

今年で五十六歳になる祖母は昨年夫を亡くしてからというもの、俗世の喧噪《けんそう》を極端に嫌うようになった。そのため閑静な田舎町にある小さな屋敷を購入し、貴族ということを伏せた上で少ない使用人と共に隠遁《いんとん》生活を楽しんでいる。

祖母は上流の生まれとは思えないほどの倹約家であり、庭師を雇うのももったいないと自身で庭の手入れをするほどだった。しかし運悪く梯子《はしご》から落ちて足をくじき、しばらく安静の身となったのである。

幸いにして祖母は、慌てて見舞いにやってきた息子を大げさだと呆《あき》れて窘《たしな》めるほどには元気であった。大好きな祖母がくどくどと父へ説教する姿を見て、ジュリエットも心から安心したものである。

問題は、その帰り道でのことであった。

たまには少し寄り道でもして帰ろうかという父の案によって、馬車は普段とは違う順路を辿《たど》り、近くにある大きな城下町を目指していた。

この辺り一帯を治める領主の城があるというその町は、大勢の人や物で溢《あふ》れ、非常に活気に満ちているそうだ。

初めて訪れる場所への期待に胸ときめかせていたジュリエットは、その時ふと漂ってきた爽やかな香りに心引かれ、何気なく窓を開けた。

そうして顔を出して外を覗《のぞ》いた瞬間、視界に飛び込んできた物に、頭を強く殴られたような衝撃を覚えたのだった。

高くそびえ立つ堅固な石造りの城。

主塔や主館。いくつかの独立した建造物や塔を有し、高い城壁に守られたその灰色の建物に、ジュリエットは見覚えがあった。

いつ、どこで、どうして。

この辺りを訪れたのは、今日が初めてのはずなのに。

理由もわからないのになぜか胸が嫌な鼓動を立て、額から冷や汗が滑り落ちた。

凍り付いた娘の姿が、父の目には熱心に城を眺めているようにでも見えたのだろう。

「ああ、あれはアッシェン領主がお住まいの城だよ。当代の名は、確か――」

オスカー・ディ・アーリング。

父の口から放たれたその名を耳にした瞬間、ジュリエットの頭の中に膨大な量の情報が雪崩のように押し寄せた。

エフィランテ王家。

美しい兄姉たち。

小さな離宮。

俯《うつむ》いた少女。

滑らかな本の手触り。

馬上試合の土埃《つちぼこり》。鳴り響く槍《やり》の音。陽光を弾《はじ》いて光る銀色。

凛々《りり》しい氷の騎士。

婚礼の誓い。

衣装部屋の奥に押し込んだ剣帯。

ミーナ。

イーサン。

シャーロット。

エミリア。

オスカー。

ひび割れた心、怒号、短剣、視界を染める真っ赤な血の色。

――夫に愛されることなく一生を終えた、哀れな花嫁。

「あ、あぁ……」

――あれは誰？　泣いているのは……わたし？

頭を両手で押さえ、ジュリエットは何度も首を横に振った。

頭の中で、警鐘のような音がガンガン鳴り響く。

痛い。辛《つら》い。悲しい。

眼裏《まなうら》に鮮明に蘇《よみがえ》るこの光景は、一体何だというのか。

自然と涙が零《こぼ》れ落ち、幾筋も伝って頬を濡《ぬ》らす。焦ったような父の呼びかけすらほとんど聞こえない中、ジュリエットの耳の奥で、確かに誰かの声が聞こえた。

小さく、今にも消えてしまいそうなそれは、若い女性のもの。

『はずれ姫のリデル。どうしてまだ生きているの？』

それを最後に、ジュリエットの意識はふつんと途絶えた。

次に目を開けた時、目の前には心配そうな両親の顔があった。

「おとう、さま……おかあさま……？」

柔らかな陽《ひ》の光が差し込む室内で、少し充血した両親の目がハッと見開かれる。

「あなた、ジュリエットが目覚めましたわ！」

「ああ、よかった！　ジュリエット、大丈夫かい？」

「わたし……、何があったの？」

ジュリエットは目をしばたたき、僅かに痛む頭を押さえながら身を起こす。小さく軋《きし》むスプリングの音と滑らかな敷布の感触によって、自身が寝台に寝かせられていたことに気付いた。

視界に広がる光景は間違いなく生家にある、慣れ親しんだ自分の部屋。

けれどなぜか今は、見知らぬ場所のように感じてしまう。

ジュリエットの戸惑いに気付くことなく、両親は揃《そろ》って安堵《あんど》の笑みを浮かべていた。

「お前は馬車の中で、突然意識を失ったんだ。もう丸二日も眠り続けていたんだよ」

「二日も……!?」

父の言葉に、驚き目を瞠《みは》る。

物心が付く前のことまでは分からないが、今までどんなに体調が悪かったとしても、ジュリエットが半日以上目を覚まさなかったことは一度もない。

母が愕然《がくぜん》とするジュリエットの肩を宥《なだ》めるように撫《な》でながら、柔らかい声で答える。

「ええ、そうよ。お父さまが意識のないあなたを運んでらした時、心臓が止まるかと思ったわ」

「お医者さまは疲労からくる貧血か何かだろうと仰《おっしゃ》っていたよ。異状はないが少し熱もあるし、しばらく安静に過ごすようにとね。疲れていたのに遠出をさせてしまって悪かったね」

父はまるで、ジュリエットの倒れた原因が自分にあるとでも思っているかのような、萎《しお》れた表情をしていた。

「そんな悲しいお顔をなさらないで。お祖母《ばあ》さまのところへ付いていきたいとお願いしたのはわたしよ。それにほら、今はこんなに元気なんだもの。心配いらないわ」

「だが、ジュリエット……」

「もう、お父さまったら大げさね。お医者さまだって異状がないと仰ったのでしょう？　わたしは大丈夫よ」

父を励ますため、ジュリエットは努めて明るい声と表情で、自身に何の問題もないことを伝える。それでもまだ両親が不安そうな顔をしていたため、あえて大げさな身振りで伸びをしつつ、腹をさすってみせた。

「ああ、たくさん寝たせいで身体は強《こわ》ばってるし、お腹《なか》ぺこぺこ。わたし、何か美味《おい》しいものが食べたいわ」

娘の訴えに、両親は互いに顔を見合わせ、慌てて部屋を出て行った。すぐに食事を用意させる、という言葉を残して。

ようやくひとりきりになれたジュリエットは、静かに寝台から抜け出す。そして姿見の前へ移動し、鏡面に映る自身の姿をじっと眺めた。

美人というより愛嬌《あいきょう》がある、可愛《かわい》い顔立ち――。近隣住民たちからはそのように称される顔だ。柔らかな茶色の髪に、丸っこいチョコレート色の目。

深窓の令嬢と表現するには、その肌は若干日焼けして健康的な色に染まっている。

ぺたりと鏡に指先を当て、ジュリエットは自身の姿をなぞった。

髪を、目を、唇を。

鏡の中の自分も同じ行動を取る。

しかし彼女は、まるで他人に向けるような眼差《まなざ》しでジュリエットを見ていた。それはつまり、ジュリエット自身がそういう表情をしているということに他ならない。

その理由を、ジュリエットはしっかりと理解していた。

倒れる前、頭の中に押し寄せ流れ込んだ大量の情報。

白昼夢にしてはやけに鮮明な光景は、全てジュリエットがその目で見て、耳で聞いて、肌で感じ取ったもの。

正確には、ジュリエットになる前の自分が、だが。

思い出したのだ。

自分には前世というものが存在し、その人生はあまり恵まれたものではなかったこと。

心の傷と悲しみを抱えたまま、大切な人のために自らその命を絶ったこと。

そして女神の気まぐれによって魂を拾われ、新たな器を与えられたことも。

全て、はっきりと、思い出したのだ。

§

十七年の生を終えた後、リデルの魂は昏《くら》く冷たい闇の中を彷徨《さまよ》っていた。

人間の魂は肉体が死したのち死者の世界へたどり着き、そこで冥府の王レクスに謁見すると言われている。

彼は『魂の審判』と呼ばれる儀式を経て、生前その人物が善人か悪人だったかの判断を下す。そして冥界と天界、どちらへ魂を送るのかを決める……というのがスピウス正教の教えだ。

しかしその教えが正しかったのかどうか確かめるより早く、魂となったリデルは人ならざる大いなる何かによって、闇の中から掬《すく》い上げられた。

それは闇に閉ざされた世界の中で、丸くぼんやりと光り輝いていた。まるで、夜空に浮かぶ優しい月のように。

リデルの魂をふんわりと、その光が包み込む。まるで幼い頃、母の胸に抱かれた時の安堵にも似た多幸感に満たされた。

声を聞いたわけでも、姿を目にしたわけでもない。

ただ、圧倒的な存在を前に、リデルは自然と理解していた。

この姿なき存在が、生前リデルの暮らしていた世界で創造神と崇《あが》められ、万物の母と讃《たた》えられていた、至高天に座すスピウス女神なのだと。

その後の記憶はごくあやふやで、まるで夢の中で起こったことのようだった。

気付けばリデルは見知らぬ屋敷の中におり、寝台の上で今にも息を引き取りそうな小さな女の子を、俯瞰《ふかん》する形で見下ろしていた。

四、五歳くらいの女の子だ。柔らかな茶色の髪に青白い肌をしており、仕立ての良い寝間着に身を包んでいた。

周囲には女の子の両親と思《おぼ》しき男女や、使用人の姿がある。

誰もが沈鬱な面持ちで、青ざめて眠る女の子を見守っていた。

『お願いジュリエット、いかないで……！』

『おお、神さま……。ジュリエットを連れていかないでください。お願いします……！　わたくしの愛する娘を、どうか……』

『お嬢さま、目を覚ましてください。お嬢さまっ』

誰もが彼女を心から愛し、回復を願っていることがひと目でわかる、そんな光景だった。

しかし意識のみの存在となったリデルは、理解していた。

この子の魂はあまりに清らかで、雑念の多い現世の空気にこれ以上耐えられないこと。

弱り切った魂が今まさに彼女の身体から離れようとしていること。

このまま魂を失えば、器たる肉体はそれに伴い死んでしまうことも、何もかも。

そうして目の前で小さな命の灯火《ともしび》が消えかけた瞬間、リデルは思わず存在しないはずの手を伸ばしていた。

――行かないで！

もはやこの世の存在でなくなった自分に、何かができると思っていたのではない。ただ反射的に、身体が――魂が動いただけ。

不可思議なことが起こったのは、その直後だった。

『おねえちゃん』

幼い女の子の声が聞こえ、同時にリデルの意識は突如として何かに引き寄せられた。その時の感覚をなんと表現すればいいのか、今でもわからない。

魂という概念のみが存在する曖昧な世界から、強引に現実世界へ押し出される……そんな不思議な感覚だった。

人ひとりの精神では決して抗《あらが》えないほどの圧倒的な力によってあの世から引き剝がされたリデルの魂は、瞬く間に、寝台の上に眠る小さな女の子の身体に吸い込まれていった。

『わたしの身体、おねえちゃんにあげる』

――あなたは誰？　だめよ、行かないで。皆が悲しむわ。

音にならない声で、必死に呼びかける。

『わたしはもう、ここにいられないから……。だからおねえちゃん、大事にしてね。こんどは、しあわせになって……』

ざぁざぁと吹く潮風のような音が、女の子の声を搔《か》き消していく。意識は次第に薄れ、自分の中に存在していた記憶や経験がどんどん遠のいていくのを感じた。

楽しかった思い出も、辛かった記憶も、たった今体験したばかりの不思議な出来事も全て。

やがて意識は完全に閉ざされ、次に目覚めた時――。

リデルはもう、リデルではなくなってしまっていた。

そこにいたのはジュリエット・ディ・グレンウォルシャーという、四歳の子爵令嬢《ディエラ・ヴィアルト》。リデル・ラ・シルフィリアとは縁もゆかりもない、まったくの別人だった。

今にして思えば、奇跡的な回復を見せた娘の姿に号泣する両親の姿が、リデルが『ジュリエット』として目にした最初の記憶だったのだろう。

それ以降ジュリエットは前世のことを欠片《かけら》も思い出すことなく、穏やかな生活を送ってきた。

そう、二日前、偶然にもアッシェン城を目にするまでは。

ジュリエットは自らの中にある記憶を頼りに、現状の理解に努めた。

そうして、こんな結論にたどり着いた。

どういうわけか自分は大いなる神の導きにより、新たな人生を得たらしい、と。

それが温情か気まぐれかはよくわからないが、ともかく女神は魂を失いかけていた器――つまりジュリエットの肉体に、代わりとしてリデルの魂を送り込んだ。

そうして『リデル』の記憶は全て抹消され、魂が入れ替わる以前の期間も含めて『ジュリエット』の記憶で塗りつぶされた。

計算してみると、ジュリエットが生まれたのはリデルがまだ十三歳の、存命だった頃のことだ。

女神の行ったことだから何も不思議ではないのかもしれないが、魂が違うものとは言え両者が同じ時代に生きていたという事実が、なんとも奇妙に思える。

それはともかく。

「天に在《まし》す女神さま、お仕事が少し雑ではありませんか……？」

奇跡と手放しで賛美するには、女神の御業《みわざ》は少しばかり乱暴だったようだ。

鏡を見つめながら、ジュリエットは思わず女神スピウスへの愚痴をぼやいた。

不信心者と謗《そし》られても仕方ない行為だが、恨み言を言いたくもなる。どうせ前世の記憶を消し新たな人生を送れるようにしてくれるのなら、隅から隅まで徹底してくれればよかったものを。

おかげで余計なことを思い出してしまったではないか。

辛く、悲しかった前世。蔑まれ軽んじられた、はずれ姫だった自分を。

「まさか、こんなことが起きるなんて……」

痛む胸を寝間着の上からそっと押さえ、ジュリエットは目を閉じた。

この肉体に入っている魂は、確かにリデルのものだ。だが、だからと言って『ジュリエット』としての自分が消えるわけではない。

四歳までの記憶は女神によって補完されたものだとしても、ジュリエットにはそれから十二年、両親の許《もと》で築き上げてきた思い出がある。それは紛れもなく、ジュリエットがフォーリンゲン子爵家の娘として生きてきた証《あかし》だ。

顔も、性格も、育った環境も、何もかもが王女《プリンシア》リデルとは違いすぎる。

けれど、では『リデル』が完全に消え去ったのかといえば、そういうわけでもない。

リデルという存在は単なる過去に過ぎず、いくら前世とはいえ今の自分とはまったく無関係の、別人格だ。――そう断じてしまうのは、記憶を取り戻したばかりのジュリエットには非常に難しく感じられた。

それほどまでに、唐突に蘇った記憶はあまりに鮮烈に、そして非常に深く、魂に食い込んでいたのだ。

リデルとジュリエット。

娘が異なるふたつの記憶を宿していることを知ったら、両親はどう思うだろう。

娘の中に存在する魂が元々は別人のもので、生まれた時から四歳まで共に過ごした『ジュリエット』の魂は、既にこの世を去っているのだと知ったら。

「……言えるわけ、ない」

もし真実を知り、そして信じてくれたとして、両親がこれまでと変わらず娘に接してくれる保証はどこにもない。

ジュリエットと両親との間には、これまで過ごしてきた人生の中で築いた強い絆《きずな》がある。深い信頼や愛情もある。

けれどこの問題は、そんな家族の関係まで危うくしてしまうほどの危険性を孕《はら》んでいる。

優しい両親は、あるいは表面上は今まで通りジュリエットを愛してくれるかもしれない。

けれど本人たちが意識しなくとも心のどこかで、これは本物の娘ではないという気持ちが芽生える可能性だって存在する。

ふとした瞬間に、これは娘の身体を横取りした盗人《ぬすびと》だと考えるかもしれない。

ふとした瞬間に、本物のジュリエットが生きていればと不満を覚えることがあるかもしれない。

それは避けたかった。

両親が悲しむこともちろんだが、ジュリエット自身、彼らから不信や憎しみの目を向けられることに耐えられそうもない。

ジュリエットは両親を、娘として心から愛していた。それは前世を思い出した今も変わらない。

元々、思い出す予定も必要もなかったはずの記憶だ。この秘密は、自分ひとりで墓まで持って行こう。

それがきっと、自分と家族を守るために必要なことだから。

§

しかし人生というのは時に、本人の意志とは無関係に思いもよらぬ方向へ転がっていくものだ。

ジュリエットの許に祖母からの手紙が届いたのは、それから十日後のことだった。

「お嬢さま、大奥さまからお手紙ですよ」

「ありがとう、メアリ」

春の日差しが降り注ぐテラスでお茶の時間を過ごしていたジュリエットは、侍女から渡された封筒を丁寧に開く。

『可愛いジュリエットへ』

そんな書き出しから始まる手紙は、このような内容だった。

先日、祖母が梯子から落ちて怪我《けが》をした際のことである。

腰と足首を襲う痛みに蹲《うずくま》っていた祖母を、その時偶然通りかかったひとりの青年が助けてくれた。

彼は祖母を抱きかかえて屋敷内まで運び、慣れた手つきで適切な手当てを行ったそうだ。

祖母は青年の親切にいたく感動し、相応の謝礼を渡そうとしたが、彼は固辞するばかりだった。

『何と無欲な青年なのでしょう』

祖母はますます深い感謝を覚えたそうだ。

何とか礼をしたかったが、青年は名乗ることなく風のように去って行った。

しかし数日後、彼は沢山の果物を抱え、再び祖母の前に現れたらしい。わざわざ怪我の具合を心配し、見舞いに訪れてくれたそうである。

『本当に今時珍しいほど立派な青年で、私もすっかり彼のことを気に入ったの。それから度々、お屋敷へ招待するようになったのよ』

……と、ここまではジュリエットも知っている話だ。

初めてその話を耳にしたとき、父は祖母を大層心配していた。その青年は財産狙いで資産家の未亡人をたぶらかす、悪党なのではないかと。

父は祖母から、恩人に何て失礼なことを言うのだと、それはもうこっぴどく叱られたものだ。

『彼はアダム・ターナーと言って、アッシェン騎士団に所属する準騎士《ヴィキヤヴアリス》だそうよ』

アッシェンという言葉に胸がひとつ、大きな鼓動を打った。

――大丈夫、今のわたしとは関係のない場所だもの。

ただ祖母がアッシェン領の片隅に住んでいるから、偶然そこに勤める準騎士と出会っただけ。

気分を落ち着かせるために紅茶を一口飲み、改めて便箋に目を落とした。

『すっかり二十歳過ぎの青年かと思っていたけれど、アダムはあなたと同じ十六歳なんですって。もちろん信頼できる筋から情報を得て、彼が嘘《うそ》をついていないことは確認済みよ』

祖母はああ見えて意外と用心深く、友人だろうと恩人相手だろうと、手放しに信頼するほどお人好《ひとよ》しではない。そして彼女ほど顔が広ければ、アダムの口にした名前や身分に偽りがないかを確かめるのは容易だっただろう。

その点については心配ないが、なぜ祖母は突然、最近できた新しい友人の話を手紙に書いて寄越《よこ》したのだろう。わざわざそんなことをせずとも、見舞いに行った時にでも話してくれればいいのに。

嫌な予感をひしひしと覚えつつ、ジュリエットは更に手紙を読み進めた。

『アダムが教えてくれたんだけど、もうすぐアッシェン騎士団の本拠地で夜会が開催されるんですって。領主さまのひとり娘が十二歳になったお祝いだそうよ』

ごく内輪向けの誕生日祝いらしい、と記されている。

領主の娘を祝うからには当然、夜会は城の広間で開催されるだろう。

そして騎士団の本拠地とはすなわち、領主の住処――つまりアッシェン城である。

『社交界ほどではないにしても、それなりのマナーに則《のっと》った場になるでしょうね。だけどアダムには、夜会に連れて行くようなパートナーがいないそうなの』

もちろん同伴者がいなくても参加はできるが、アダムは十六歳。そろそろパートナーがいなければ格好の付かない年頃である。

その証拠に、彼の同僚たちのほとんどが、自身の恋人や婚約者を連れてくるらしい。

そんな状況で同僚たちから『お前は誰か連れてくるのか？』と聞かれ、アダムはついこんなことを口にしたそうだ。

『もちろん。皆に会わせるのが楽しみだよ』

それはアダムの、なけなしの自尊心から出た言葉であっただろう。同僚たちになんとか見栄《みえ》を張りたいと困窮する彼が、思わず嘘をついたとしても罪はない。

しかしそのせいで、アダムは後に退《ひ》けなくなった。

困り果てた彼は、雑談ついでに祖母にそのことを相談した。誰か、自分に協力してくれそうな女性はいないだろうかと。

『探しておくわと言っておいたんだけど、実はこの前あなたが来てくれた後、アダムも偶然お見舞いに来てくれてね。彼はあなたが馬車に乗り込むところを偶然見て、一目惚《ひとめぼ》れしたそうなの』

祖母たっての希望により、彼女の屋敷を訪ねる際は地味な馬車や服装で行くと決めていたのが悪かった。

『あまり上等な格好で来られたら私の正体がご近所に知られて、きっと隠遁生活が台無しになるわ』

などと言われて、素直に従わなければよかった。

地味な服装をしたジュリエットを見て、よもやアダムもそれが子爵令嬢《ディエラ・ヴィアルト》などとは考えもしなかっただろう。

彼は祖母に、ジュリエットに一目惚れしたことを打ち明け、一度だけでいいから同伴者の役目を頼みたいと願い出たらしい。

『助けてもらった恩があるから、嫌とは言えなくてね。あなたには悪いけど、そのままアダムの頼みを聞き入れてしまったの』

「は……っ、え？」

ジュリエットは目をしばたたき、つい今しがた目にしたばかりの文章を見返した。

しかし何度読み返しても結果は同じ。そこには祖母の、身勝手な暴挙が記されているだけだ。

『勝手な約束をしてごめんなさいね、ジュリエット。でも本当に素敵な青年だから安心してちょうだい。なんなら私は、彼をフォーリンゲンの爵位を継ぐ婿にしてもいいと思うの』

そう締め括《くく》られた手紙が、ジュリエットの手の中で、クシャリと音を立てて潰れる。

「お……っ、お祖母さま――――――！」

淑女らしからぬ怒りの声が、屋敷中に鳴り響いた。

§

ともかく一旦落ち着こう。

自室に戻ったジュリエットは手紙についた皺《しわ》を伸ばし伸ばし、荒ぶった心を静めようと試みる。

祖母が元々情に厚い人間で、だからこそ社交界での煩わしい人間関係や駆け引きを嫌ったことは、ジュリエットも知っている。

そんな祖母にとって、アダム青年のまっすぐな親切心が、荒《すさ》んだ心を癒してくれる一服の清涼剤であることもよく理解できる。

しかし一体どこの世界に、本人の了承を得ず見知らぬ男性のパートナーとして宛がう人間がいるというのか。

ジュリエットはつい先月十六歳を迎えたばかりで、まだ社交界デビューも果たしていない娘だ。

エフィランテ王国では一部の例外を除き、通常、男女共に十七歳で社交界へ足を踏み入れるものである。そしてデビュタントとして必要な一連の行事に臨むのは、女神の祝福が最も濃いと言われる冬の白月――一年の終わりの月。

つまり今から、一年と八ヶ月も後のこととなる。

普通、貴族の娘は社交界デビュー前に妙な噂《うわさ》が立つのを嫌うものである。なぜならこの国では、花嫁の処女性を重んじるスピウス正教の価値観が未《いま》だ根強く残っているから。

そんな中でジュリエットがもし、婚約すら結んでいない相手と夜会へ顔を出したらどうなるか。

フォーリンゲン子爵家の娘は、未婚であるにも拘わらず男性と不適切な付き合いをするふしだらな娘だという噂が、瞬く間に広まってしまう。

田舎でのびのび育ったジュリエットですら容易に想像がつく展開を、結婚するまでずっと王都で暮らしていた祖母が予想していないわけがない。

なのに一体なぜ、こんな馬鹿げた約束事を勝手に決めてしまったのだろう。

まさか本気でアダムとやらをジュリエットの婿にし、フォーリンゲン子爵家を継がせるつもりでいるのだろうか。

「どう考えても無理よ……！」

前世の記憶を思い出した今、ジュリエットは男性――特に騎士と接することに、本能的な恐怖を覚えていた。

いっそ世を捨て修道院にでもこもりたいが、そうできないことはわかっている。

ジュリエットは近い将来、それなりの家柄の次男か三男あたりと婚約を結び、家督を継ぐ婿として迎えなければならない。

それは男子に恵まれなかったフォーリンゲン子爵《ヴィアルト・フォーリンゲン》のひとり娘として、ジュリエットが全うすべき義務だ。

しかしもし結婚するのだとしたら、騎士だけは避けたい。

今世も前世と同じ道を辿ったら――。そう考えると、怖くて怖くて堪《たま》らなかった。

世の中の騎士が全員、オスカーのように妻を軽んじるわけでないことを、頭では理解している。

優しく、穏やかな騎士も大勢いることだろう。

しかし、理屈ではないのだ。今、ジュリエットの心の中には、夫の扱いに傷つき血を流したリデルが確かに存在している。そしてその記憶は、簡単に拭いされるものではない。

しかも極めつきは、アダムの所属する騎士団というのが、アッシェン騎士団であるということ。

――アッシェン。

前世の夫、オスカーが治める地。

よりにもよってそこの準騎士だなんて。

「でも、エミリアの誕生日なのよね……」

前世でほんの少しの間しか共にいられなかった、可愛い我が子。

十二歳になるという彼女は、一体どんな少女に成長しているだろう。すくすくと、健康に育っただろうか。オスカーに、大事にされているだろうか。

オスカーはリデルの死後、きっとすぐに後妻を迎えただろう。

産みの母のことなどすっかり忘れ、別の女性を母と呼ぶエミリアを想像すると、胸の奥が引き絞られたかのように痛んだ。

会いたい。

けれど前世で母親だったとは言え、今世では赤の他人に過ぎない。真実を打ち明けられるわけでもないのにエミリアの人生に関わり、万が一にも邪魔になるようなことだけは絶対に避けたい。

そうなるくらいなら、いっそこのまま一生会わないほうが賢明だ。

手紙では埒《らち》が明かないから、祖母には直接会いに行って断りの文句を告げよう。

リデルは早速祖母の屋敷を訪ねる準備に取りかかるため、隣室に待機しているメアリを呼んだ。

§

「――というわけで、どうかお断り申し上げてくださいお祖母さま」

応接間で祖母と向かい合いながら、ジュリエットは真剣極まりない表情でそう訴えた。

しかし祖母は上品に笑いながら、孫娘の訴えを退ける。

「無理よ。もうアダムからお礼にと、大好物のフォビア茶葉までいただいたのですもの」

祖母の指先が、すっとティーカップに伸びる。小さな田舎町にはあまりに似つかわしくない、ひと目で高級品とわかるデザインだ。

ジュリエットの目の前にも似たようなティーカップが置かれ、中を満たす熱い紅茶が湯気を立てている。

林檎《りんご》のような爽やかな香りと、繊細な味わい。緑がかった黄金色という特徴的な色合いは、間違いなくフォビア紅茶特有のものだ。

アッシェン領は国内唯一の紅茶の産地である。海から流れてくる暖かな風と肥沃な大地によって育てられた風味豊かな茶葉は、味にうるさい上流階級の間でも大変評判が高い。

実のところ、祖母がこのフォビアの町を終《つい》の住家に選んだのは紅茶目当てだったのではないか、とジュリエットはにらんでいる。

「わざわざ贈ってもらわなくても、お祖母さまが望めば茶葉なんていくらでも手に入るではありませんか」

「いやね、ジュリエット。この年になって若い男性から〝貴女《あなた》のために〟と贈り物をされるのは、たとえどういう理由であれとても貴重な経験なのよ」

「……お祖母さま。まさかとは思いますが、そのアダム・ターナーと仰る男性に、何か特別な感情を抱いていらっしゃるわけではありませんよね？」

恐る恐る、ジュリエットは祖母に問いかける。

背後でメアリが窘めるように咳払《せきばら》いを落としたのは、聞こえないふりをした。

祖母は今でこそこうしてのんびりとした生活を送っているが、ジュリエットくらいの頃は求婚者が殺到してそれは大変だったそうだ。

『恋多き侯爵令嬢《ディエラ・マルク》』と呼ばれ、上は八十歳から下は十七歳まで、ありとあらゆる男性たちを魅了してきた。社交の場に顔を出すたび決闘騒ぎが起こるものだから、一時期、さまざまなパーティーで出入りを禁止されたのだとか。

ちなみに巷《ちまた》では、当時第二王子《プリンストル》であった現大公――つまりリデルの叔父と、結婚するのではという噂まで流れたらしい。

しかし実際に祖母の心を射止めたのは先代フォーリンゲン子爵であったため、こうしてジュリエットが存在しているわけだが。

とにかくそんな数々の武勇伝を持つ祖母のこと。たとえ四十も年の離れた若者相手とはいえ、決して恋愛感情を抱かないとは限らない。

エフィランテ王国の貴族間では年の差結婚は特に珍しいことではなく、三、四十歳程年の離れた夫婦など探せばいくらでも見つかるものだ。

そんなジュリエットの杞憂《きゆう》を、祖母は心外そうな顔で否定する。

「あら、そのような勘ぐりを受けるいわれはありませんよ。一体私の孫娘は、いつからそんなひねくれた考え方をするようになったのかしら。昔は素直でいい子だったのに」

きっとジェームズに似たのね、と祖母がいかにも嘆かわしげに父の名を口にする。

祖母は疑《うたぐ》り深い父の性格に、前々から閉口気味なのだ。

「生憎ですが、アルバートはお父さまのことを、若い頃のお祖母さまにそっくりだといつも口癖のように申しておりますわ。もちろん顔ではなく、性格についてですけれど」

大きな溜息《ためいき》をつく祖母へのささやかな意趣返しとして、ジュリエットは祖父の代からフォーリンゲン子爵家に仕える忠実な家令の名を出した。

アルバートによると、祖母は恋多き女と謳《うた》われていたが大層注意深い性格であり、いつも猛禽《もうきん》のような鋭い目で結婚相手を見定めていたそうである。彼女が現在のような性格になったのは後年、鷹揚《おうよう》だった祖父の影響を受けたからだ。

まさか反論されるとは思わなかったのだろう。祖母はたちまち渋面になり、紅茶を啜《すす》る。

そして気を取り直したように、改めてジュリエットに視線を向けた。

「ジュリエット、あなたの気が進まない理由はわかっていますよ」

真面目な表情に、ジュリエットの心臓が大きく鼓動を立てる。

――まさかお祖母さま、わたしに前世の記憶があることに気付いて……？

そんな緊張を表に出さないよう、注意しながら祖母の言葉の続きを待った。

「あなたはまだ社交界デビュー前ですものね。妙な噂が立つのを心配しているのでしょう」

「えっ？」

「え？」

「あ、そ、そう！　そうです。さすがお祖母さま！　ご慧眼《けいがん》感服いたしました」

動揺からつい素っ頓狂な声を上げてしまったことを隠すため、ジュリエットは大げさなまでに祖母を褒め称《たた》える。

そして密《ひそ》かに胸を撫で下ろした。

普通の人間は目の前にいる相手の様子が多少おかしくても、この人は前世の記憶があるのだろうとは思わない。そもそもそんな発想にすら至らないだろう。

もし思わせぶりな態度でも取ったのだとしたら話はまた違ってくるだろうが、ジュリエット自身、前世の記憶を取り戻したのはつい先日。祖母に気取られるわけがなかった。

「いきなり褒められるなんて、なんだか気味が悪いわね」

「そ、そんなことありませんわ。ジュリエットはいつでもお祖母さまのことを尊敬しておりますのよ」

ジュリエットは大仰なよそ行きの言葉使いで、ぎこちない微笑を浮かべた。

祖母のことを尊敬しているのは本当だが、一連の態度があまりにわざとらしすぎたことは、自分でもわかっている。

祖母はそんな孫娘を、片眉を上げてしばらくじっと観察していたが、やがてやれやれといった様子でかぶりを振った。

「まあいいでしょう。あなたの妙な態度はさておき、私だってかつて少女だった時代がありますからね。あなたがどんな心配をするかなんて手に取るようにわかります。もちろんなんの対策もとらず、あなたをアダムのパートナーにしようなんて考えたりはしませんよ」

「いえ、あの、できれば対策とかではなくパートナー自体をお断りしていただきたく――」

「トーマス！　トーマス、応接間へ来てちょうだい！」

ジュリエットの言葉を遮るように、祖母が大きな声を上げて知らない男性を呼んだ。

近隣の家々と比べればだいぶ広いものの、子爵邸の十分の一もないこの小さな屋敷では、少し大声を上げるだけで庭まで響き渡るだろう。わざわざ侍女を使って呼んで来させるまでもない。

案の定それからすぐ、見知らぬ中年男性が応接間に顔を出した。

黒い髭《ひげ》と大きな身体が印象的で、特別上等だとは言えないもののそれなりに小綺麗《こぎれい》な格好から、中流階級に属する人間であることが推察できる。

「お呼びでしょうか、ジョージアナさま」

「こちらへいらっしゃい。ああほら、もっと近くへ」

祖母はトーマスを手招きし、自分たちの座る椅子のすぐ側《そば》まで呼んだ。

「ジュリエット、こちらトーマス・ヘンドリッジ。私の出資している小さな果樹園の園主よ」

「ええと……？　初めまして、ヘンドリッジさん《ファード・ヘンドリッジ》。ジュリエットです」

祖母が色々な事業に出資していることは知っていたが、その園主が一体どうしたというのだろう。

困惑しながらも一応挨拶をすると、トーマスは愛想のよい笑みを浮かべて頭を下げた。

「初めてお目にかかります、ジュリエットお嬢さま《ディエラ・ジュリエット》。どうぞトーマスとお呼びください。お嬢さまのことはジョージアナさまから、ご自慢のお孫さまだと伺っておりますよ」

「そ、そうですか……」

突然褒められてもなんと言っていいかわからず、ジュリエットは祖母に助けを求める視線を送った。

しかしその直後、祖母が放ったとんでもない発言によって、度肝を抜かれる羽目になってしまう。

「あなたはこれから、このトーマスの娘になるのよ、ジュリエット」

「……お祖母さま。今、なんと？」

一瞬、とうとう祖母の気が触れてしまったのかと思った。

しかし祖母の表情を見るに、どうやら彼女は正気を保ったまま、そのような発言をしたらしい。

「聞こえなかったの？　あなたはこれから――」

「聞こえました。ええ、それはもうはっきり聞こえましたわ。わたしが伺いたいのは、なぜ突然、お祖母さまがそんな訳のわからないことを言い出したのかということです」

何もかも意味がわからなすぎて、どこからどう説明を求めればいいのかもわからない。

すると祖母は、少女のようにきょとんと首をかしげる。

「あら、わからない？　あなたって案外鈍いのね」

「今のやりとりでお祖母さまの発言の意図がわかる人間がいるとすれば、わたしはその方を心から尊敬いたしますわ。……それで、どうしていきなりそんな話になるのですか」

「だって、あなたも心配していたでしょう？　アダムのパートナーになって、妙な噂が立ってしまうことを。だから私も考えてみたのよ。どうすればアダムとの約束を守りつつ、〝フォーリンゲン子爵令嬢〟の名前に傷をつけずに済むかを」

祖母はこれからさも素晴らしい考えを披露するのだとでも言いたげな表情で、誇らしげに笑っていた。

彼女がこんな顔をする時は、ろくなことが起こらない。

ひしひしと忍び寄る嫌な予感が、どうか気のせいでありますように。そんな願いに反し、祖母はある意味期待を裏切らない発言でもって、ジュリエットを混迷の渦に突き落とした。

「あなたが、別人として夜会に参加すればいいのよ！　どう？　とってもいい考えでしょう？」

それは正に、名案ならぬ迷案であった。

§

祖母の考えはこうだった。

子爵令嬢《ディエラ・ヴィアルト》として参加すれば嫌でも注目を集めるだろうが、庶民の娘として顔を出せば、特に目立つこともない。

アダムのパートナーを演じるのはこの一回だけ。たった一度、夜会に顔を出した程度の『平民』の娘の顔を、わざわざジュリエットがデビュタントになる年まで記憶している者もいまい。

幸いにして内輪向けの夜会ということで、参加者は主にアッシェンの騎士たちや、ごく親しい知人だけらしい。

また、アッシェン領に社交界デビュー前のジュリエットの顔を知る人間がいないことを考えても、偽名が露見する可能性は無に等しかった。

「まあもしものことを考えて、少しお化粧を濃くしておいたらいいんじゃないかしら。そうすれば、万が一あなたの顔を覚えた誰かと将来顔を合わせたとしても、他人のそら似ということで済ませられるもの。ほら、あなた前に言っていたでしょう。メアリはお化粧がとても上手なんだと」

ちらりと、祖母がジュリエットの背後に佇《たたず》むメアリに目を向ける。

確かにメアリの化粧の腕前は抜群だ。彼女に頼めば百通りの自分になれる、とさえ感じるほどに。

けれど。

「正体が発覚することだけを心配しているのではありません。嘘をつくなんて、アダムさんに失礼だと言っているのです」

祖母の話が本当なら、アダムはジュリエットを憎からず思っている。けれど『果樹園主の娘であるジュリエット』なんて、元々この世に存在しない。

「一度きりとお約束したとは言え、アダムさんはそのことで多少の期待を抱いたはずです。だって彼は、わたし自身が仮のパートナーとなることを承諾したと思っているのでしょう？　なのに、よってたかって騙《だま》すような真似《まね》をするなんて……」

「だって仕方ないじゃない？　私は隠居した、それなりの資産を持つただの未亡人として、ここで生活しているのだもの。だから、この屋敷の名義もトーマスのものにしているのよ。なのに孫娘が子爵令嬢だなんて知られるわけにはいかないわ」

「確かにそうですけれど、……でも」

身分を偽ることは、ジュリエットの名誉だけでなく、祖母の安穏とした隠遁生活を守るために確かに必要なのかもしれない。

だけどアダムは、友人たちにちょっと見栄を張っただけの、純朴な青年なのだ。

そんな彼を全員で騙し、真実を知らせることもないまま、浮かれる様子を黙って見ていろというのか。

そんなジュリエットの考えに、祖母は怪訝《けげん》そうな顔をする。

「あら、ジュリエット。あなたアダムとまだ会ってもいないのに、どうして彼の恋が叶《かな》うはずないなんて決めつけているの？　もしかすればあなたのほうが、アダムを気に入る可能性だってあるのに」

ジュリエットはぐっと言葉に詰まった。

前世の記憶のせいで、騎士との接点をできるだけなくしたいからです、なんて口が裂けても言えない。

アダムが祖母の言う通りの素敵な青年だとして、顔も性格も相性も何もかもが申し分なかったとして――。それでも準騎士《ヴィキヤヴアリス》だという一点において絶対に好きにならない自信があるなんて、どう説明すればいいのか。

「もしあなたがアダムを気に入らなければ、当初の予定通り一回きりという約束を守って、彼とはさよならすればいいわ。元々これは彼のほうから、自分を助けてほしいと言って持ちかけてきた話なのだもの。彼だって望みがないと知れば、それ以上無理してあなたに関わろうとはしないわ。単なる青春の一頁《ページ》として、記憶の片隅に残るだけよ」

「それはそうですけれど……」

「逆にもし彼を気に入って誠実にお付き合いしようと思ったのなら、そこで正直に全てを打ち明ければいいだけの話よ。あなたが実は詐欺師や既婚者だったというのならともかく、彼だってそのくらいの嘘で機嫌を損ねるようなことはないでしょう」

確かに、好意を持っている相手から『実は自分は果樹園主の娘ではなく子爵令嬢だ』と打ち明けられ、怒り出す人間はそうはいないはず。むしろ喜ぶ者が大多数だろう。それほどまでに、貴族令嬢に憧れている平民男性というのは多いものだ。

一時の火遊びを楽しむつもりなら話は違ってくるだろうが、ジュリエットに限って言えばそういったことは絶対にありえない。男性と付き合うのなら、結婚を前提とした清く正しい真面目な交際が絶対条件だ。

「ねえジュリエット。恋に身分は関係ないのよ。あなた、彼が準騎士だから自分には釣り合わないと思っているのではない？」

「まさか！　そんなこと考えてもいません」

思いも寄らぬ問いかけに、ジュリエットは慌ててかぶりを振った。

確かに、貴族の子弟が見習い騎士・従士・準騎士・正騎士《キャヴァリス》と順を追って昇格するのとは違い、平民はどこまで行っても準騎士止まりである。

働き次第によっては準騎士から正騎士となり、一代限りの貴族称号……つまり準男爵位を叙爵されることもありえなくはないが、それでも青き血を重んじる者たちの間では、同じ貴族として認めない向きもある。

本人の目の前で、成り上がり者と口に出して蔑む者すらいるほどだ。

その事実を鑑みれば、婿の身分が準騎士というのは些《いささ》か弱いかもしれない。しかしそれはあくまで、家を更に繁栄させ、国家の中枢に入り込みたいというような考えがある場合のみだ。

フォーリンゲン子爵家は既にそこそこの領地と相当な資産を有しているし、両親はこれ以上を望んでいない。

娘を出世のための道具として利用するつもりは微塵《みじん》もなく、できれば本人が心から愛し尊敬できる相手と結婚してほしいと思っているらしい。

もちろん現状を維持しつつ、血統を絶やさない程度の相手、という必要最低限の条件はある。エフィランテでは貴族の結婚には国王の承認《カインストル》が必要であり、子爵令嬢と平民とが婚姻関係を成立させ、更に夫に爵位を継いでもらうのは不可能といってもいいだろう。

しかし準騎士は、平民であって平民ではない。わかりやすく言えば、貴族に片足を突っ込んだような身分といったところだ。

よって貴族令嬢との結婚の際、面目を保つため先んじて準男爵《ヴィブレン》の位を授与された例も少なくはない。

このようにある程度の条件付きではあるが、ジュリエットは結婚に関し、貴族令嬢としては破格の自由を与えられている。大抵の貴族は、娘をより条件のよい家に嫁がせるという野心を叶えるべく、目の色を変えて社交の場へ繰り出すものなのだから。

つまるところジュリエットの結婚は、多少の制約で縛られつつも、ほぼ本人の自由意志に委ねられているも同然なのである。

だけど。

「わたしは、ただ……まだ自分が恋をしたり結婚するなんて、想像がつかないだけです」

それは半分本当で、半分嘘。

ジュリエットは既に、恋する気持ちを知っている。それが決して叶わないものだったからこそ、新しい出会いに積極的に踏み出せる気がしないのだ。

「最初は誰でもそんなものですよ。少しずつ少しずつ、手探りで暗い夜道を歩いて行くようなものなの。そうしてある日突然、深い穴にはまって抜け出せなくなる――それが、恋に落ちた時なのよ」

そっと、祖母がジュリエットの両手を取り、優しく握りしめる。

「私はアダムを気に入っているし、彼があなたのお婿さんになってくれたらとても嬉《うれ》しいわ。だけど、そんな気持ちが少し先走り過ぎたのかもしれないわね。あなたの意志を一番に尊重する気持ちでいたのに、あなたに相談もせず、勝手にアダムと約束してしまって」

「お祖母さま……」

「でもどうか、夜会に付き合うことだけはしてあげてほしいの。あなたが行かなければ、可哀想《かわいそう》なアダムは恥を掻いてしまうわ。これも人助けだと思って。ね？」

滅多に頭を下げない祖母から下手に出られ、ジュリエットはつい絆《ほだ》されてしまう。

それに、関わらないのが一番だと決めたものの、やはり心のどこかに少しだけ、成長したエミリアをこの目で見てみたいという気持ちが残っていた。

遠くから見るだけ。それ以上は望まない。言葉を交わさなくてもいい。

ひと目だけでもエミリアの姿を見られれば十分だ。後は目立たず騒がず夜会を乗り切り、早めに城を立ち去ろう。

「――わかりました。お祖母さまのお顔を立てるためにも、アダムさんの仮のパートナーとして夜会に出席します。ですが、こんなことは今回限りですよ」

「ありがとう、ジュリエット。さすが私の孫娘だわ！」

祖母があからさまに安堵の表情を浮かべ、破顔する。

ジュリエットはそんな祖母をやれやれと見やり、すっかり冷め切った紅茶で喉を潤したのだった。

§

中流階級の娘として夜会に出席するにあたり、ジュリエットは急いでいくつかの準備をせねばならなかった。

何せ夜会はもう目の前にまで迫っている。相応の身分に見えるようなドレスや装身具を新たに仕立てるには時間が足りず、仕方なくトーマスの娘から借りることにした。

また、他の招待客から話題を振られた時に会話に困らないよう、ある程度中流階級の生活について学んでおく必要があった。

たとえば若い娘が普段どのように過ごしているのかとか、今流行しているもの、言葉使いなどである。最低限でもこのくらいの知識は備えておかないと、必ずぼろが出てしまう。

その辺りはトーマスや、彼の娘に協力を頼んでおいた。

そして何より重要なのは、夜会の前にアダムと会っておくことである。

何せアダムが女性をエスコートするのは、彼にとって人生初めて。当日いきなり顔を合わせてそのまま城へ向かっても、恐らく相当ギクシャクしてしまうに違いない。

それはそれで初々しくて可愛らしいと思われるかもしれないが、人々に余計な話題の種は与えたくない。それに、彼にドレスの裾でも踏まれて転ぶ場面を考えると、想像するだけでぞっとする。

話を聞いた父は当然反対したものの、結局のところ祖母の勢いに押し切られる形となった。

それでも完全に納得できたわけではないらしく、夜会までのあいだ祖母の家で生活することになったジュリエットに、何度も必死で言い聞かせていた。

「いいね、ジュリエット。気が変わったらお祖母さまのことは無視してここへ帰ってくるんだよ」

そして付き添いをするメアリにはこう言っていた。

「メアリ、できるだけジュリエットがあまり器量のよくない、さも下品で粗暴そうな娘に見えるような化粧をしてやりなさい」

父と別れた後、ジュリエットはすかさずメアリに告げた。

「お父さまの命令は忘れてちょうだい」

いくら身分を隠すためとはいえ、そんな手段はあんまりだ。

かくしてジュリエットはアダムを祖母の屋敷へ招いてもらい、共に紅茶を飲みながら語らう場を設けたのである。

「――でね、この子ったら近所の男の子と木登りをして一番になったのよ！　まったくおてんば娘で困ったものだわ」

「へえ、そうなんですか！　ジュリエットさん、おしとやかそうなのに。見た目からはとても想像できませんね」

「まあ、年頃になって少しは落ち着きましたけれどね。十歳くらいの頃は本当に、この子は将来ちゃんとお嫁さんになれるのかしらと心配していたものよ」

一体、これは何なのだろう。

目の前で和気藹々《わきあいあい》と会話するふたりを前に、ジュリエットは先ほどからなんとも言えない表情で沈黙しつつ、クッキーをかじっていた。

今日ジュリエットがここへ来たのは、アダムとの親交を多少なりとも深めるためであったはずだ。決して、祖母とアダムが自分の昔話で盛り上がるのを聞きに来たわけではない。

しかし先ほどから祖母はジュリエットが口を開くたび、その三倍も四倍もアダムに話しかけ、会話の中心に居座ることをやめない。

普通こういう時は、未婚の男女ふたりが適切な距離を保つよう、つかず離れずで見守るのが祖母の役目ではないだろうか。

――まあ、わたし自身、別にアダムさんと積極的に仲良くなりたいわけではないんだけれど。

ちら、とアダムに視線をやる。

祖母の言っていたとおり、確かに彼は好青年だ。

くるんと跳ねた鳶色《とびいろ》の髪もそばかすの散った顔も愛嬌があるし、初対面での挨拶もとても礼儀正しかった。ジュリエットと祖母のために手土産まで持参し、謝罪と感謝の言葉も忘れず伝えてくれた。

「僕が咄嗟《とっさ》に嘘をついたせいでジュリエットさんには図々《ずうずう》しいお願いをしてしまって、本当にすみません。ですが、頼みを聞いてくださって本当に感謝します」

心底申し訳なさそうな顔をしながら頭を下げるアダムに、ジュリエットは気にしないでほしいと伝えた。

ジュリエットに、アダムを責める気持ちは毛頭なかった。彼が同僚たちに嘘をついてしまったのは褒められたことではないかもしれないが、同じ年齢として心情は理解できる。

それに事態がこじれてしまったのはアダムのせいではない。

彼は単にジュリエットに一目惚れをし、もしよかったら夜会の晩だけパートナーになってほしいと頼んだだけだ。

今回のことはやはり、彼の頼みを断り切れなかった祖母が全面的に悪い。

それにしても、本当に優しそうな青年だ。

アダムを見て、改めてそう思う。

少々頼りない印象もあるが、年齢を考えればさほど気にすることでもない。むしろ穏やかそうな喋《しゃべ》り方や優しげに垂れた眦《まなじり》は、見る者に安心感を与えるだろう。

別に楽しくもなんともないだろうに、祖母の話を聞く時も、真面目に耳を傾け適度に相槌《あいづち》を打つ姿に好感が持てる。

祖母が気に入るわけだ。アダムはどことなく、実家に飾られている祖父の、若き日の肖像に似ていた。

だが祖母がどんなに浮かれようと、やはりジュリエットの考えはアダム本人を前にしても、当初と変わることはなかった。

そんなことを考えていると、不意にアダムと視線が交わった。もしかするとじっと見ていたことに気付かれたのかもしれない。

何か言わねばと、ジュリエットは慌てて口を開く。

「アダムさま、ごめんなさい。こんな昔話なんてつまらないでしょう?」

「いいえ、そんなことはありませんよ。それから僕のことはどうか、アダムと呼び捨てにしてください。僕は貴族でも何でもないのですから」

アダムにとっては何気ない言葉だったのだろうが、『貴族』という言葉についつい過剰反応し、ジュリエットは大げさなほど身体を強ばらせてしまう。

それに気付いたであろう祖母が、すかさず横から助け船を出してくれた。

「ほほほ、この子ったら緊張しているのね。大丈夫よ、すぐに慣れますから。人見知りは昔からなの」

「そうなんですか?」

「ええ。先ほどはおてんばだった時の話をしたけれど、それよりずっと前——まだ二、三歳の時かしら。ジュリエットはそれは静かな子でね。人が沢山集まる所にいても、いつも何をするでもなく、木陰なんかでじっと遠くを見つめていたものよ」

ジュリエットにその頃の記憶はほとんどない。

覚えているのはお気に入りだったくまのぬいぐるみ、母に貰《もら》った綺麗《きれい》なリボン、誕生日のケーキなど、とりとめのないものばかりだ。

女神によって補完された記憶に抜けがあったのか、あるいは単に年齢が年齢だからというだけの話かもしれない。普通、二、三歳の頃の思い出を一から十まで鮮明に覚えている人間はいないだろう。

「家族以外の誰とも喋らなくて、当時はとても心配したの。でも、初めて教会に連れて行った時だったかしら。この子が、一生懸命スピウス女神さまに向かって話しかけていたのよ」

「女神さまに？」

「ええ。正確に言えば、女神さまの像に……だけれど。きっとその像があまりに綺麗だったから、気に入ってしまったのね。どこから来たのとか、あなたは誰なのとか。それを見て、この子は単に人見知りなだけで、喋れないわけではないのだと安心したものよ」

祖母の話を聞き、なんとなくだが自分の中にその頃の記憶がぼんやりとあることを思い出す。

そうだ、あれは確か両親に連れられて参加した、初めてのミサ。教会の裏庭にひっそりと佇む女神像の美しさに、子供ながらに心惹《ひ》かれた記憶があった。

両手を広げ、慈愛に満ちた笑みを浮かべる白磁の女神像。沢山の薔薇《ばら》に囲まれた庭の中で、そこだけが異質な空気を放っていたことを覚えている。

当時のジュリエットはそれが何なのかわかっていなかったが、恐らくあまりに精巧な美しい像を前に、幼いながらも神秘的な空気を感じ取っていたのだろう。

話しかけたことまではさすがに記憶に残っていないが、人形とおままごとをするような年齢だ。そういった行動をとったとしても、何もおかしくはない。

まあ、これらの記憶は全て『本来のジュリエット』が体験したもので、『今のジュリエット』とは切り離された時間の出来事なのだが、それは今考えても詮無いことだ。

「それからというもの、ジュリエットはやたらと教会に行きたがるようになってね。この子は将来、修道女《スーリ》にでもなってしまうのではないかという別の心配が生まれたわけだけども。まあ取り越し苦労だったわね」

おどけたような祖母の言葉に、アダムがぷっと吹き出す。先ほど祖母が暴露していた、ジュリエットのおてんば時代の話を思い出したのだろう。

しかし彼はすぐ、目の前に本人がいることを思い出したようだ。大げさなほどあたふたしながら、勢いよく頭を下げる。

「すっ、すっ、すみません！　笑うなんて失礼なことを！」

「いいえ、どうかお気になさらず。つまらない昔話ですが、少しでも楽しんでいただけたなら嬉しいです」

アダムが気に病まないようにと微笑《ほほえ》みを向ければ、彼の頬はわかりやすいほど赤くなった。

その純朴な様子を見て、ジュリエットは改めて、祖母のせいで彼を騙す羽目になったことを申し訳なく思う。

祖母は心からの善意で人助けをしたつもりだろうが、やはり嘘は嘘。こんな善良な青年を騙すことに、逆にジュリエットのほうこそ謝罪したい気分だった。

§

夜会当日。

太陽が徐々にその光を弱め始める頃、ジュリエットを迎えにアダムが祖母の屋敷を訪れた。

彼は着飾ったジュリエットの姿を見るなり挙動不審になり、言葉をなしていない声を上げる。そうしてぎこちない手つきで、胸に挿した赤いチューリップの花をジュリエットへ差し出した。

パーティー前、パートナーの女性に男性から一輪の花を渡すのは、エフィランテ王国での伝統だ。

「こ、こここここ、こんにちは、ジュリエットさん！　こっ、これ！　どうじょ！」

相当に緊張してしまっているらしく、嚙《か》んでいる。

思わず笑いながらチューリップを受け取り、ジュリエットは胸元のリボンに挿し込むようにして飾った。

「ごきげ――こんにちは、アダムさん。素敵なお花をありがとうございます」

癖で思わず『ごきげんよう』と言いかけてしまい、すぐさま言い直す。中流階級の人間でそういった挨拶をする者がいないわけでもないが、一応念のためだ。

運のいいことに、今日のアダムは緊張のあまり、そうした些細《ささい》な言い直しにはまったく気付く様子がない。顔を真っ赤にしながら、必死でパートナーたるジュリエットへの礼を尽くそうとしていた。

「い、いいいいええ！　お祖母さまから、ジュリエットさんのお好きな花を聞いていましたので！と、とっても綺麗です！」

「まあ」

ジュリエットは破顔する。

今度はおかしくて笑ったのではない。アダムのまっすぐな物言いが、ただ純粋に嬉しかった。

今日のジュリエットは、裾のふわりと広がった黄色いドレスに身を包んでいる。首には小さな宝石のネックレス、ふんわりおろした髪は白い造花の付いたカチューシャで飾っており、品よく仕上げている。

顔は、できる限り普段と印象が違って見えるような化粧をメアリに施して貰った。

恐らく他者からは、そこそこ財のある中流階級のお嬢さん、といった感じに見えるのではないだろうか。

もちろんドレスも装身具も、予定通りトーマスの娘からの借り物である。

いっぽうアダムはと言えば、準騎士《ヴイキヤヴアリス》の礼装に身を包んでいた。

デザインそのものは正騎士《キヤヴアリス》とそう変わりはない。簡単な違いを挙げるなら、襟に入ったラインや飾緒、肩章などの色だろうか。

正騎士が銀色であるのに対し、準騎士のそれは赤銅色をしている。これが従士であれば青、見習い騎士であれば白と、色で見分けることができるのだ。

「アダムさんも素敵ですよ」

「ほ、本当ですか!?」

「はい。今日は若い女性も沢山招待されているんでしょう？　アダムさんを気に入る方が現れればいいですね」

一瞬、火が灯《とも》ったかのようにぱぁっと明るくなったアダムの表情が、突然暗くなった。

励ますつもりで言ったのだが、どうやら逆効果だったらしい。

そういえば完全に忘れかけていたが、彼は自分に一目惚れして夜会に誘ったのだった。

「……お嬢さま」

背後でメアリが呆れたような声を上げる。振り向けば、普段あまり表情を変えない彼女が渋い紅茶を飲んだ時と同じ顔をしていた。

その時、屋敷の二階からパタパタと足音が聞こえ、祖母が早足で階段を降りてくるのが見えた。

「ようこそアダム！」

「お祖母さま、走るとまた足をくじいてしまいますよ！」

ジュリエットが声を上げるのとほぼ同時に、メアリがさっと祖母の許まで飛んでいき、すぐ側に待機する。

幸いにして祖母は何事もなく階段を降りきったのだが、初めて目にする礼服姿のアダムにすっかり興奮してしまったようだ。

「ジュリエットをお迎えに来てくださってありがとう。いつも素敵だけれど、今日のあなたもとっても素敵よ。髪もきっちり撫でつけて、なんだか少し大人っぽく見えるわねぇ」

話が長くなりそうな予感に、ジュリエットは慌てた。これからふたりは辻馬車を使って城下町の店へ向かい、あらかじめ頼んでおいた贈り物用の花束と本を受け取り、パーティーに顔を出す予定なのだ。

このまま祖母の話に付き合っていたら、馬車の時間に間に合わなくなってしまう。

ジュリエットは勢い良くアダムの腕を摑《つか》み、その場から引き剝がした。

「そ、そろそろ行きましょう、アダムさん！　遅刻してしまいます！」

「えっ？　あ、はい」

戸惑うアダムを引きずるように、ジュリエットは急いで屋敷を後にした。

背後から、「ジュリエットをよろしくねー！」と祖母の声が飛んでくるのを聞きながら。

屋敷を出て停留所まで向かう道すがら、ジュリエットは胸弾ませながらアダムに話しかけた。

「わたし、辻馬車なんて初めてです」

普段は子爵家所有の馬車を使うのだから当然のことなのだが、見知らぬ人たちと大きな馬車で一緒に移動するという未知の体験に、なんだかワクワクしてしまう。

「え？　それじゃいつも遠くへ出かける際は、どうやって移動なさっているんですか？」

アダムが驚いたような声で問いかけた。目には困惑が浮かんでいる。

限られた豪商であるならともかく、普通の家は御者など雇えない。貴族でない家の娘は普通、辻馬車で移動するものだ。

もちろんジュリエットも、そんなことは予習済みだ。

「我が家は果樹園でしょう？　ですから商品を運搬するための荷馬車はもちろん、父が遠方へ商談に向かうために使う、小さな馬車があるのです。出かけるときは、大抵それに乗せてもらっています」

「ああ、なるほど！　そういえば僕が初めてジュリエットさんを見た時も、お祖母さまの家に馬車が停《と》まってましたもんね」

合点がいったようにアダムが膝を打った。

果樹園の規模がどの程度のものかは特に伝えていない。が、祖母の暮らしぶりやジュリエットの身に着けているものを見れば、中流の中でもどちらかというと上のほうである……という風に考えるだろう。

そうした他愛もない話をしながら、ふたりは停留所を目指す。

到着した時、既に数名の先客が待っていた。その列に交じりつつ、馬車を待つ。しかし、予定の刻限になっても中々到着しない。

初めの頃は、ジュリエットとアダムを含む全員が、まあ少しくらい遅れることもあるだろうといった感じでのんびり構えていた。しかし時間が経つにつれ、いくらなんでも遅れすぎではないかという空気がその場に漂い始める。

「ええと……どうしたのでしょう？」

「こんなに遅いなんて、おかしいですね……」

「何か事故でもあったんだろうか」

見知らぬ人間同士が不安そうに言葉を交わし合う。

ジュリエットもアダムに視線をやった。このままでは確実に遅れてしまう、と彼の顔に書いてあった。

しかし、だからと言ってどうすることもできない。

仕方なくそのまま馬車を待ち続け――結局城下町に到着したのは、夜会の開始時刻とほぼ同じ時間となった。

§

「すみません、ジュリエットさんっ！　まさか馬車が泥濘《ぬかるみ》にはまって遅れるなんて……！」

「そ、そんなに謝らないでください。アダムさんのせいではないのですし……」

何度目かの謝罪に、ジュリエットは苦笑を浮かべながら右手を振った。左手には先ほど店から受け取ったばかりの、小さな花束と本を携えている。

結局、ふたりが城門に到着したのは、夜会開始から一時間後のことだった。

その間、アダムは人目も憚《はばか》らず、ずっとジュリエットに謝り続けていた。

「誰にも予想できない事故だったのですから、お気になさらないでください。むしろ、わたしたちが乗った後で泥濘にはまらなかっただけでもよかったと思いましょう?」

もし途中で起こった事故であれば、乗客全員で馬車を泥濘から押し出す手伝いをさせられたかもしれない。最悪ジュリエットはドレス姿のまま、泥に足を突っ込まなければいけない羽目になっていたのだ。

それに比べれば、少し遅れてしまったことくらいなんてことない。

「ジュリエットさん……ありがとう」

アダムは鼻の頭を赤くし、目に涙まで浮かべてジュリエットの言葉に感動していた。

それを見て、ジュリエットは彼にパートナーが中々見つからない理由をなんとなく悟った。彼は、いい人過ぎる。だから多分、いわゆるお友達止まりで終わってしまうのだ。

「今日は、遅れた分も楽しまないといけませんね」

「はい。目一杯楽しみましょう」

そう言って笑い合い、ジュリエットはアダムに続いて城門をくぐる。

彼が門番に招待状を提示している間、ジュリエットは高くそびえ立つ城をひとり、見上げていた。

あの日と同じ……夕日に照らされ佇むアッシェン城。

——今日からこのお城で暮らすのね。重厚で……美しいお城だわ。

かつて、馬車の中からこの城を見上げた時、リデルが発した言葉が蘇る。

思えばリデルが『アッシェン伯の妻』となったことを強く自覚したのは、結婚式ではなくあの時だったのかもしれない。

王族ではなく貴族の妻として夫と共に新たな生活を歩み、現地の風習や人々に馴染《なじ》もうと胸に誓った。

——ミーナ。わたし、この土地を……アッシェンを第二の故郷として、心から愛《いと》しく思えるようになると思うわ。

柔らかなリデルの声が遠ざかっていく。

ジュリエットはしばらくじっと目を閉じ、やがてそっと開いた。

ジュリエット自身の心情のせいか、あるいはリデルの記憶がそうさせるのか。

橙色《だいだいいろ》の光に包まれたアッシェン城は、ジュリエットの目に、どこか寂寞《せきばく》として映るのだった。

§

会場である大広間に到着すると、楽団が奏でる優雅な音楽と共に談笑を楽しむ人々の声が聞こえてきた。

夜会はとっくに始まっており、皆、食事やダンスを楽しんでいる様子だ。

つい、アダムの腕に添えた掌《てのひら》に力がこもってしまう。

前世で、リデルは城内をあまり歩いたことがなかった。限られた範囲を行き来するだけ。それでも見覚えのある壁紙や内装品を見るにつれ、徐々に緊張感が高まっていく。

「ジュリエットさん、少し顔色が……。もしかして緊張してます？」

「は、はい。少し……」

「心配しないで、皆いい人たちばかりですから。でも、もし無理だと思ったら遠慮せず言ってください。早めに帰りましょう」

不安そうなジュリエットを、アダムは嫌な顔ひとつせず優しく気遣ってくれる。せっかくパーティーに来ておいて、早めに帰りたいはずなどないのに。

そんな彼に、迷惑をかけるわけにはいかない。

「ありがとうございます。でも、大丈夫です。きっとすぐに慣れますから」

そう。前世は前世。今は今。

ジュリエットはもう、怯《おび》えてばかりの気弱な王女《プリンシア》リデルではない。扉の向こうで誰と顔を合わせようが、何も恐れる必要はないのだ。

ぐっと顎を引き前を見据えたジュリエットは、アダムのエスコートを受け、戦場へ赴く戦士のような心持ちで広間へ足を踏み入れた。

「お、アダム！　遅かったじゃないか」

広間に顔を出すなり、アダムと同じ準騎士《ヴィキャヴァリス》の礼服に身を包んだ若い男性が数名、親しげな様子で近づいてきた。

それぞれ、同じ年頃の女性をパートナーとして連れている。

「どうしたんだ、こんなに遅れるなんて。真面目なお前にしては珍しいな？」

「いやぁ。よりにもよってこんな日に、馬車が泥濘にはまってさ。ついさっき到着したばかりなんだ」

「そりゃ大変だったな。――ところで、そちらのお嬢さんが？」

ちら、と男たちの視線が自分に向けられたことに気付き、ジュリエットは密かに気を引き締める。

するとアダムが、同僚たちにジュリエットの紹介を始めた。

「うん、こちらジュリエットさん。懇意にしてくださってるご婦人のお孫さんで、ご実家は果樹園を経営されているんだ」

「初めまして、ジュリエット・ヘンドリッジです。よろしくお願いします」

用意していた自己紹介を口にしつつ、愛想良く頭を下げる。

第一印象は問題なかったようで、アダムの同僚たちは親しみやすい笑みと共に、快くジュリエットを受け入れてくれた。順に挨拶を口にしながら、自分とパートナーの紹介を始める。

そうしてひととおり自己紹介が終わったところで、彼らは少し意地の悪い笑みを浮かべた。

「やるじゃないか、アダム！　お前が本当にパートナーを連れてくるなんてな」

「しかもこんなに可愛いお嬢さんを！　もう付き合ってるのか？」

「そ、それはまだ……。僕たちはそんな関係じゃ」

真っ赤になりながらアダムが否定する。

大半の男性はパートナーとして恋人や婚約者を伴うものだが、パートナーという言葉自体にはそもそも、そういった特別な意味はない。

ちょっと気になる近所の女性や幼なじみ、はたまた姉妹や親戚の娘などをパートナーとして伴うことも多いのだ。

真っ赤になったアダムを見て、同僚たちから賑《にぎ》やかな笑い声が上がる。

友人同士の気安い応酬といったやりとりに、馬鹿にしたような空気は一切ない。

恐らくこれが、彼らの常なのだろう。

「ジュリエットさん。実は俺たち、アダムがパートナーを連れてくるって聞いた時、心配してたんですよ」

「そうそう。彼は見ての通り、大人しいヤツですから。俺たちに見栄を張ったんじゃないかって」

「でも、安心しました。ジュリエットさんのような素敵な女性を連れてくるなんて、アダムも中々隅におけないやつだなって」

アダムは苦笑を浮かべつつ、頭を掻いていた。友人たちの予想が当たらずとも遠からずであり、少々気まずい思いをしているようである。

いっぽうジュリエットはといえば、内心でほっと胸を撫で下ろしていた。

今のところ、特に果樹園の娘という自己紹介を不審に思われた様子はなさそうだ。

——それもそうよね。

前世の兄や姉たちだって、そう頻繁ではないが何度か身分を隠し市井へお忍びで出かけたことがある。

意外と気付かれないものよ、と姉は笑っていた。普通は護衛が隠れてついていくものだが、豪快な性格だった次兄などは誰にも内緒で王宮を脱走し、町の祭りに参加したことさえある。リデル自身は身体が弱くてそんな経験は一度もないが、いつも胸ときめかせながら土産話を待っていたものだ。

王族ですら気付かれないのなら、貴族がたった一日だけ中流階級の娘になりすましたところで、疑いの目を向ける者など出てくるはずもない。

「そ、それより閣下は？」

ジュリエットの前でいつまでもからかわれるのが居たたまれなかったらしく、アダムがキョロキョロと周囲を見渡し、強引に話題を変えようとする。

大広間の中は招待客や給仕をする使用人でごった返しており、あまり見通しはよくない。ジュリエットも先ほどからそれとなくオスカーの姿を探していたのだが、彼の姿は見当たらなかった。

「閣下？　ああ、そういえば挨拶を終えられた後は姿を見てないな。自室にでも戻られたんじゃないか」

「えっ？」

思わず大きな声を上げてしまったことに気付き、ジュリエットはぱっと片手で自分の唇を塞いだ。

しかし、一度発した声が戻ってくることはない。

準騎士やパートナーたちの注目を受け、おずおずと唇から手を離し言い訳を口にする。

「あ、すみません。その、お嬢さまのお誕生日をお祝いする場なのに……と驚いてしまって」

「ああ、閣下は人付き合いとか華やかな場所がお嫌いなんですよ。お嬢さまの誕生日だけは、毎年こうして祝いの場をもうけていますけどね」

その台詞《せりふ》に、ジュリエットはまたも驚かされてしまった。今度は声を上げることはなかったが、その驚きは先ほど以上である。

――旦那さま……アッシェン伯が、華やかな場所や人付き合いがお嫌い？

俄《にわか》には信じがたい話だ。

リデルが彼の妻だった頃、オスカーは頻繁に夜会や舞踏会へ顔を出していた。城へ客人を招き、晩餐会《ばんさんかい》を行ったことも何度かあったはずだ。とても、彼らが言っているような人物だったとは思えない。

それとも単にリデルが知らなかっただけで、内心は嫌がっていたけれど立場上無理して社交的に振る舞っていたのだろうか。

「あ、あの。それでは伯爵夫人《アルタ》とお嬢さまにご挨拶を。贈り物もお渡ししたいですし」

何の気なしに口にした言葉に、今度は相手が意外そうな顔をする番だった。

「閣下は独身ですよ。奥さまが亡くなられてから後妻も娶《めと》られず、ずっとお嬢さまとおふたりです。ご存じなかったんですか？」

「え……」

「あっ。ジュ、ジュリエットさんは遠方に住んでるんだ。僕が話し忘れてたんだよ」

押し黙るジュリエットを見て気分を害したとでも勘違いしたのか、アダムが慌てて横から口を出す。

もちろん、ジュリエットは気分を害したわけではない。

オスカーが独身だなんて、欠片も想像していなかった。てっきり、再婚したものとばかり思っていたのに。

もしかして、王家に気を遣っているのだろうか。

その可能性は否定しきれない。

あの日、リデルたち一行が襲われたことは予期しようもなく、客観的に見ても不運としか言えない出来事だった。

オスカーは常日頃から領地の安全管理には相当気を配っていたし、あの日も、自身の最も信頼する副長アーサーに護送の指揮を任せたのだ。

しかもリデルは自らの意志で自害した。そこにオスカーの責任は一切ないはずだ。

しかし彼女が伯爵夫人としてアッシェン領で命を落とした以上、オスカーが王家に対し負い目を覚えたことは十分に考えられる。

後妻を迎えるのに躊躇《ちゅうちょ》する理由としてはあまりに十分だ。

——では、マデリーンやシャーロットは？

オスカーの愛人であったはずの彼女たちはどうなったのだろう。いまだ日陰の身として扱われつつ、彼と関係を持っているのだろうか。

「——さん。ジュリエットさん」

「なっ、何でしょう」

突然耳にアダムの声が飛び込んできて、ジュリエットは自身が周囲も気にせず思案に暮れていたことに気付く。

しかしそれはさほど長い時間ではなかったらしい。不審な目を向けられることも特になく、ジュリエットはアダムから広間のある一点を指し示される。

「広間の一番奥。あそこにお嬢さまがいらっしゃいます。贈り物を渡しに行きましょう」

「はい……」

アダムの腕にそっと手を添え、ジュリエットは彼の友人たちに断ってその場を離れた。

エミリアが、向こうにいる。愛しい娘が。

会うべきではないのにそれでもずっと会いたくて、とうとう会いに来てしまった。

つ、とジュリエットは己の左手に携えられた贈り物に目を落とした。十二歳の娘に何を贈ればいいかなんてわからず、それでも心を込めて選んだ品々。

前世で一番大好きな花だった白薔薇の花束と――、本。

呪われた王子《プリンストル》と、勇敢な姫君の恋物語。エミリアの名前の由来にもなったあの美しい本だった。

§

談笑する人々の合間を抜け、ジュリエットはアダムと共に広間前方へたどり着いた。

それまでの間に何人かと挨拶を交わしたが、相手がどこの誰だったのか、顔も、名前すら覚えていない。

主役席の周囲を護衛騎士たちが固め、数名の招待客が侍女の指示に従い、挨拶をするための待機列を作っている。

その最後尾に並ぶと、ひとりの侍女がすぐに気付き、近づいてきた。

「お嬢さまへの贈り物はこちらでお預かりいたします」

侍女はジュリエットの持っていた花束と本を恭しく受け取り、広間の奥に積まれた贈り物の山の中へ置いた。

城へ入る際、簡単に持ち物、身体検査は受けたものの、贈り物の中身までは確認されなかった。

きっと夜会が終わった後、使用人たちが中身を確かめた上でエミリアの許へ届けるのだろう。

「なんだか僕も緊張してきちゃいました」

隣でそわそわするアダムの声が、意味をなさないただの音として通り過ぎていく。

待機列が徐々に前へ進んでいき、ひとつ、またひとつと順番が迫ってくる。やがてジュリエットたちのふたつ手前の男女が挨拶を終え、侍女の声が響いた。

「次の方、どうぞ」

すぐ前にいた大柄な男性が、ようやく私の番か、と呟《つぶや》いたのが聞こえた。

彼が足を踏み出す直前、ジュリエットはぎゅっと目を瞑《つぶ》り、逸《はや》る鼓動を胸の上からそっと押さえる。そして何度か深呼吸を繰り返し、視界を遮るもののなくなった前方に目をやった。

……そこに、エミリアは、いた。

オスカーと同じ、冬色の瞳。

長く伸ばした黒髪はふたつにわけ、側頭部できっちりと結い上げリボンで飾っている。

肌は抜けるような白さだが、頬は薔薇色を一滴落としたような健康的な色に染まっており、血色もよい。

淡い紅色のワンピースに身を包んだ娘は、こしらえのよい赤いベルベットの椅子に、人形のようにちょこんと腰掛けていた。

自分の誕生日パーティーだというのに、つまらなそうな顔だ。内心の不満を取り繕うこともなく、祝福の言葉を述べる相手を仕方なさそうに持てなしている。

ああ、でもその不機嫌そうな表情が、本当にオスカーそっくりだ。

エミリアが十二歳になったと聞き、一体どんな風に成長しただろうとずっと夢想していた。身長はどのくらい伸びた？　小さかった手は、足は？　どれほど大きくなっただろうか。何を見て、何を聞いて、何を感じてきたのだろう。どんな声で、どんなことを喋るのだろう。好きなもの、嫌いなものは？

色々な想像をし、胸を膨らませていた。

けれどいざ実物を前にし、ジュリエットは自分の想像がいかに貧弱で薄っぺらいものだったかを、はっきりと思い知らされた。

エミリアがすぐ目の前に存在し、瞬きをし、喋っている。

あんなに小さく、弱々しく、ほんの少しのことですぐに壊れてしまいそうなほど危なげな存在だったというのに。今、ジュリエットの目に、紛れもなくエミリアが存在している。生きている。動いている。

赤子の頃の面影を残しながらも立派に成長した我が子の姿に、視線が縫い止められ離せない。

こんなにも、大きくなって。

「っ……」

声が詰まり、呼吸をすることさえ忘れた。

鼻の奥がつんとし、目頭が熱くなる。胸がぎゅっと、締め付けられるように痛む。

次の方、と侍女が呼んだ。行きましょうと促すアダムの声も聞こえる。

だが、ジュリエットは動かなかった。――否、動けなかった。

「ジュリエット、さん……?」

アダムの心配そうな声に少し遅れて、ぱたぱたと、水滴が床を打つ音が聞こえた。

何か熱いものが頬を滑り落ちる感触に、ジュリエットは小さく声をこぼす。

「え……」

指先で自分の顔に触れる。濡れていた。

ジュリエットはそこで初めて、自分が泣いていることに気付く。

涙は後から後から溢れ、頬をとめどなく伝い顎から床に滴り落ちていた。

突然泣き出した招待客の姿に、エミリアは目を大きく見開き、驚いている。彼女を取り巻く護衛や侍女たちも、怪訝そうな顔だ。

「ジュリエットさん、具合でも――」

肩にアダムの手が触れそうになった瞬間、ジュリエットはとうとう耐えきれなくなり、踵《きびす》を返してエミリアに背を向けた。

アダムの呼び止める声も侍女たちの心配する声も無視し、その場から逃げるように走り去る。

行き先なんてわからない。ただ、ここではない場所ならどこでもよかった。泣きながら大広間を立ち去る自分に、すれ違う人々が注目する。

「お嬢さん、大丈夫ですか」

「やだ、あの子泣いてるわ……!　大丈夫なのかしら?」

人々のそんな言葉や視線も、意識の内側へ入ってくることはなかった。

胸を締め付け、他の何も目に入らなくなるほど心の中を強く支配するこの感情が何なのか、ジュリエットにはわからない。

悲しみや切なさ。喜びや安堵。そして狂おしいほどの愛おしさ。

前世で、十七年の生を送った。

今世で、十二年の時を過ごしてきた。

ジュリエットにはふたつの人生の記憶がある。けれどそれは、人より長く人生経験を積んだということには決してならない。

思い出したばかりの前世の記憶は、精神の成熟度にほとんど影響を与えない。ジュリエットの精神は、間違いなく十六歳の少女のものなのだ。

そんな未熟な心が、勢い良く押し寄せる複雑な感情の波に耐えられるはずがない。

なんて情けないジュリエット。

あんなにも娘に会いたいと思っていたのに、声を交わすことすらできず逃げ出した自分の不甲斐《ふがい》なさが、あまりに恥ずかしくて惨めだ。

逃げたい。

逃げたい。

どこへ？

どこかへ。

この感情が追いつけない、どこか遠くまで。

がむしゃらに走り続けたジュリエットは、周囲に誰の気配も感じなくなった頃、ようやく足を止めた。そうして、力尽きたようにその場に頽れる。

まだ、涙は止まらなかった。

涙と共にこの感情が流れてしまえば、少しは楽になるのだろうか。

幾度も幾度も涙を拭い、ジュリエットは蹲りながら声を殺して子供のように泣き続ける。

やがてようやく涙が落ち着いてきた頃、ジュリエットは鼻をくすぐる甘く優美な風の香りを感じた。

ふと、顔を上げる。

紺色の夜空と白い月の光に、いつの間にか自分が建物の外に出てしまっていたことに気付く。

視線を巡らせ、ジュリエットは目の前に広がる風景を、自身の前世の記憶と照らし合わせた。

隅々まで手入れの行き届いた青い芝生に、花壇の中で華やかな存在感を主張する美しい白百合《しらゆり》。

ウサギやリス、熊に鹿。動物の形に刈り込まれた見事な庭木に、天使たちの水浴びを模した噴水。

その噴水から飛び散る飛沫《しぶき》は月の光を弾き、淡い銀色に輝いていた。

庭師の高い技術と矜持《きょうじ》を感じる美しい庭園――ここは、アッシェン城の中庭だ。

「懐かしい……」

洟《はな》を啜り、足を踏み出す。

さく、と芝生を踏めば、草の瑞々《みずみず》しい匂いがした。

この場所で、オスカーはよく鍛錬を行っていた。リデルの部屋からは中庭の様子がよく見渡せて、彼が剣を振るっている時も誰かと談笑している時も、すぐに声や物音で気付いた。

オスカーはきっと気付いていなかっただろうが、窓から彼をこっそり見つめるのがリデルの密かな楽しみだったのだ。

そういえば彼はよく、鍛錬の合間に噴水の縁に腰掛けて休憩をとっていた。

中庭に遊びにくる小鳥たちにパン屑《くず》を与えていた姿を、よく覚えている。

「確か……この辺り」

記憶をなぞるように噴水の縁に手で触れた、丁度その時のことだ。背後で芝生を踏みしめる音が響き、ジュリエットは弾かれたように手を引っ込めた。

アダムが追ってきたのか、それとも別の人間か。あるいは――。

不機嫌そうに眇《すが》められた氷の双眸《そうぼう》を思い出し、すぐに振り向くことができない。

しかし凍り付くジュリエットの背に掛けられた声は、予想していた誰のものとも違った。

それは鈴を転がすような高く、愛らしい、女の子の声だった。

「――ねえっ。どうして泣いていたの？」

顔を見ずとも、そして初めて聞いた声であっても、ジュリエットには自分の背後にいるのが誰なのか、すぐにわかった。

§

「エミリア……」

唇から、小さな呟きが零れた。

エミリアの白い頬は上気し、息が少し上がっている。

いきなり泣き出した相手に興味を引かれ、走って追いかけてきたのだろうか。背後には護衛がふたり付いており、勝手な行動をしたエミリアを窘めている。

「お嬢さま。勝手に広間を抜け出してはなりません」

細身でやや中性的なほうが厳しい口調でそういえば、エミリアは涼しい顔で首を傾《かし》げた。

「あら、どうして？」

本気で、何を責められているのかわからないという顔をしている。

護衛ふたりが困ったように顔を見合わせ、今度は大柄なほうが、エミリアと視線を合わせるため膝を屈《かが》めた。

「お父上からも言いつけられていたはずです。夜会中は決しておひとりにならず、我々や侍女たちから離れないようにと」

「あなたたちが付いてきてくれたんだから、別にいいじゃない。ひとりになってないでしょ」

十二歳という年齢の割にはませていて、大人に反論することに慣れている態度だった。

つんと護衛たちにそっぽを向き、エミリアが改めてジュリエットに向き直る。

先ほどまで招待客に見せていた退屈そうな表情は、今やすっかり消え去っていた。その代わりエミリアの冬色の瞳に宿っているのは、旺盛な好奇心だ。大きく、少し吊《つ》り上がった猫のような目が、まじまじとジュリエットを見つめていた。

「ここで何してたの？　ひとりで泣いてたの？　どこか痛いの？　それとも悲しいことがあったの？」

「お嬢さま、初対面のお相手に失礼ですよ！　ほら、早く戻りましょう」

立て続けの質問に、護衛が慌てたような声を上げてエミリアの肩に触れる。不躾《ぶしつけ》な質問に対する注意という形は取っているものの、本心はきっとジュリエットを警戒しての発言だ。

護衛は主人を守るのが仕事だ。相手がいかに非力そうな小娘でも、エミリアの側にいるというだけで疑ってかからなければならない。

だがエミリアは、相変わらず護衛の言うことなど聞こうともしない。ぱっとジュリエットの側へ駆け寄って、両手を握りしめる。

「具合が悪いのならお医者さまのところへ連れていってあげましょうか？　ハリソン先生はね、ちょっと厳しいし注射は痛いけど、すごい名医なんですって」

「え……っ、あ、あの」

「それとも、お医者さまが怖いなら、休める場所に行く？　お化粧が崩れてるし、先にお顔を洗ったほうがいいかも。ね、そうしましょう！」

さも名案を思いついたとばかりに、エミリアが得意げな笑みを浮かべた。

そうして笑うと、年齢の割に大人びた雰囲気はすっかり消えてなくなり、等身大の十二歳が現れる。

なんて可愛いのだろう。ますます胸が詰まり、ジュリエットは何も言えなくなってしまった。

本来なら、ジュリエットは単なる招待客として冷静な受け答えをするべきであった。エミリアの申し出を丁重に断り、この場を辞すべきだった。

それでなくとも大広間から立ち去ったことで、周囲から注目を受けてしまっている。この上、更にエミリアの興味を引くような行動をするのは得策ではない。

だが、ひと目会うだけ……たった一言祝いの言葉を伝えるだけで十分だ……と。そう思っていたことが、逆によくなかったのだろう。

ジュリエットには、エミリアと挨拶以上の言葉を交わす心構えができていなかった。その結果頭が真っ白になり、信じられないほど粗末な態度を取ってしまう。

すなわち、まともな返事をすることもできず棒立ち状態である。

「ほら、こっちよ！」

いつまでも立ち尽くしたまま、まともな返事をしない相手に焦《じ》れたようだ。エミリアはジュリエットの右手をぐいぐい引っ張り、どこかへ連れていこうとする。

思いも寄らぬ出来事に慌てたのは、ジュリエットよりむしろ護衛たちだった。

「お嬢さま！　見ず知らずの人間をそんな風に信頼してはなりませんと……！」

「お嬢さまに何かあったら、我々が閣下に叱られるのですよ！」

エミリアを諫《いさ》める護衛たちの台詞からは、すっかり建前が消えてしまっている。内心がどうあれ、招待客を表だって不審者のように扱うべきではないという建前が。

それほどまでに、エミリアの突飛な行動に焦らされたのだろう。

しかし当のエミリアはというと、やはり注意を聞こうとするどころか眉間に皺を寄せ、不満をあらわにした。

「もうっ、うるさい！」

「な……っ。お、お嬢さま！」

「――ねえ、あなたお名前は？　今日は誰と夜会に来たの？」

それが自分への問いかけだ、とジュリエットは若干遅れて気付いた。もたつく思考と舌を動かし、なんとか答える。

「ジュ、ジュリエット……ヘンドリッジです。今日は、準騎士《ヴイキヤヴアリス》のアダムさんのパートナーとして連れてきていただきました」

「ごきげんよう、ジュリエット。わたしはエミリア。よろしくね」

ワンピースの裾を摘まみ、こてんと可愛らしく頭を下げたエミリアは、勝ち誇ったような顔で護衛たちを振り向いた。

「ほら、これで見ず知らずの他人じゃないわ。お友達よ。あなたたち、わたしのお友達に失礼な態度を取るの？」

ふふん、と胸を張る小さな伯爵令嬢《ディエラ・アルト》の屁理屈《へりくつ》に、護衛たちは説得をすっかり諦めたようだ。眉を下げ、困り顔で嘆息する。

仕方ない、と目で会話するふたりの姿から、彼らがエミリアのこうした我儘《わがまま》に頻繁に振り回されているであろうことがわかった。

「……わかりました。ですが、念のため我々も同行させていただきますよ。よろしいですね？」

エミリアと、そしてジュリエットにも向けられた念押し。根負けしたとはいえ、彼らはジュリエットに対する警戒まで解いたわけではない。

アダムのパートナーと名乗ったことで多少は和らいだかもしれないが、そこで完全に油断してしまうほど護衛たちも愚かではなかった。

監視するような視線を背に浴びながら、ジュリエットはエミリアに手を引かれ、建物内へ戻った。

エミリアが向かったのは、大広間とは正反対の方向だ。聞こえてくる喧噪に背を向けるように廊下を通り抜け、東玄関ホールに到着する。

「この階段を上るのよ」

退屈な夜会を抜け出し別のことをしているのが余程楽しいのか、エミリアがはしゃいだ声で言った。

紫色の絨毯《じゅうたん》の敷かれたこの階段が、主人一家のための居室が並ぶ私的な空間へ繋《つな》がっていることをジュリエットは知っている。

きっとエミリアは、どこか空いた部屋でジュリエットを休ませるつもりなのだろう。

「行きましょ」

手を繋いだまま、エミリアは階段に足をかけた。ジュリエットがそれに続き、護衛たちが無言のまま三歩ほど後ろを付いてくる。

階段を上り始めてすぐ、誰かに監視されているような気がして、ジュリエットはぞくりと悪寒に身を震わせた。エミリアのでも、護衛のものでもない。肌を突き刺すような、複数の冷たい視線。

この感覚は初めてではない。

リデルとして生きていた頃も、この階段を使うたび同じような不安に襲われたことを、ジュリエットは覚えていた。

理由はわかっている。

ジュリエットは恐る恐る、すぐ側の壁に目をやった。少しだけ視線を上げると、豪奢《ごうしゃ》な金の額縁に収められた大きな肖像画が、壁面を飾っている。

一枚ではない。何枚も何枚も、まるで今にも動き出しそうなほど繊細かつ生々しい筆致で描かれたそれは、アーリング家の歴代当主やその家族たちの肖像画。

いずれも『幸福』という言葉からはほど遠い陰気な目をしており、生前の姿を描いているにも拘わらず亡霊のようだ。

肖像画はこの階段だけでなく、応接間や広間などにも掛けられている。主立ったものを除けば、倉庫に眠っているものも少なくない。

その数を見ればわかるように、アッシェン伯爵家の歴史は非常に長い。オスカーがアッシェン伯爵家を語る際、『大した歴史も財もない伯爵家』というような表現を用いていたが、それは間違いだ。

初代アーリング家当主が伯爵《アルト》の位を叙爵されたのは、スピウス暦四〇〇年代中期のこと。

今から千年ほど前、初代国王《カインストル》がこの地に存在した八つの王国をひとつにまとめ、エフィランテという王国を作り上げた頃の話だ。

その際、初代国王は他民族制覇のため武勲を立てた新興勢力に対し、その功績に見合った褒賞と地位を与えた。

そのうちのひとつが、アーリング家——当時アール族と呼ばれていた、南部土着の民族だ。

アール族は元々戦闘を生業とする一族だったらしく、全土統一戦において王の手足となり、目覚ましい働きを見せた。それにより初代国王から伯爵位と領地を賜り、それから今に至るまでずっとアッシェンの地を治めてきた。

土地経営や農地開発に熱心に取り組み、治水、灌漑《かんがい》事業だけでなく国内唯一の紅茶生産業においても高い実績を上げている。

長きにわたりエフィランテ王家に忠誠を誓い、国防の要でもあるアッシェン領を守り続けてきたアーリング家は、王宮でも一目置かれる存在である。

一概に『伯爵』と言うが、『アッシェン伯』はまったくの別物だと思ってもいい。権力、財力、求心力などあらゆる面を鑑みても、侯爵《マルク》に匹敵するほどの力を有する家なのだ。

確かに、全土統一前からシルフィリアの一族に仕えていた諸侯に比べれば、その歴史は浅いかもしれない。血統を重視する廷臣の中には、千年も前のことを持ち出し新参者と軽んじる者も少なくなかった。

オスカーがあんな発言をしたのも、そういった理由があったのかもしれない。

けれど、統一後に爵位を与えられた貴族の中に『侯爵』位を有する一族はひとつもない。それを考えれば、簡単に軽んじられていいような立場ではないのだ。

「――ジュリエット、どうしたの？」

いつの間にか足が止まっていたらしい。

エミリアが軽く腕を引っ張り、ジュリエットを見上げていた。

「あ、その、随分と肖像画がたくさんあるんだなぁと思いまして……」

不審に思われないような言い訳を慌てて口にすれば、エミリアは肖像画を指し示しながら色々と説明をしてくれる。

「わたしのご先祖さまたちよ！　あれがおじいさま、あれがひいひいおじいさま、あれが大お祖母さまにその従妹《いとこ》たちでしょ。あとは――ほら、これ！」

ジュリエットの手をぱっと離したエミリアが、階段を一気に駆け上って一番上にかかっている肖像画を指差す。

黒髪に冬色の目。自分にそっくりな色を持つ、彼女の父親の姿を。

「わたしのお父さまの若い頃よ。ちょっと厳しそうだけど素敵でしょう？」

「え、ええ……」

リデルがここにいた頃から飾られていたものだから、恐らくオスカーが十八歳くらいの頃に描かれたものだろう。腕を組み、悠然と椅子に腰掛け、射貫《いぬ》くように正面を見据えている。

思わず視線を背けたくなるような厳しい表情を、しかしエミリアは満面の笑みで見つめていた。父親を慕っている証拠だ。

つまり裏を返せば、エミリアがオスカーにそれだけ大事にされているということになる。誕生日を祝うための夜会を開くくらいだから、無下に扱っているわけでないとはわかっていたが……。

密かに安堵したジュリエットの耳に、上にいるエミリアの思いがけない言葉が飛び込んできたのは、その直後だった。

「それとね、ほら見て。こっちがわたしのお母さまよ！」

エミリアの言葉を聞くまで、ジュリエットは自分の――リデルの肖像画があるなんて、考えてもみなかった。

当主が亡くなった妻の肖像画を飾ることは珍しいことでも何でもないが、リデルとオスカーの関係性を考えれば、とても彼がそんなことをするとは思えなかったからだ。

外部からやってきた客人に見せるため、あえて飾らせたのだろうか。一瞬そう思ったが、この階段は基本的に当主一家か、清掃などの業務に携わる使用人しか利用しない。わざわざリデルの肖像画を用意する必要などどこにもなかったはずだ。

「ジュリエット？　立ち止まって、どうしたの？」

「い、いえ……。今行きます」

戸惑いながら階段を上り、エミリアに追いつく。そしてオスカーの肖像画に寄り添うような形で掛けられた、リデルの肖像画を見つけた。

他の物と比べて一回りほど小さなそれは、花を象《かたど》った白く丸い額縁に収められており、陰鬱とした気配の漂う空間でかなり浮いていた。

それだけではない。肖像画と言えば澄ました表情で描かれるのが一般的だが、リデルの肖像画は、そういった固定観念とはまるで異なる雰囲気を持っていた。

結いもせず下ろしたままの銀髪を風に靡《なび》かせ、目を細めながら佇む儚《はかな》げな少女。真っ白なドレスが翻るのを押さえながら青空の下で花綻ぶような笑みを浮かべるその姿は、日常の一場面をそのまま描き写したかのようだ。

風の音。花の匂い。髪が揺れる音。笑い声。太陽の眩《まばゆ》さ。白い肌の滑らかな感触。唇の温度。

それら全てが感じ取れるような、不思議な臨場感に満ちた絵だった。

しかしジュリエットには、前世でこのような肖像画を描かせた記憶が一切ない。

恐らく生前のリデルを知る画家が彼女の死後、想像で描いたものなのだろう。あるいは生前の肖像画を参考にしたのか。

いずれにせよ、この絵が本人を見本にして描いたものでないことは確かである。

まず真っ先に覚えた違和感は、瞳の色だ。

リデルの瞳は瑠璃色だった。しかし肖像画の中で、彼女の目は紫色に塗られている。

更に言えば、リデルは婚礼用のドレスを除き、白い衣装を一着も持っていなかった。この国では白は花嫁の色と定められており、それ一色を身に着けるのは礼儀に反するからだ。

そもそもこの肖像画は、リデル自身が認識していた彼女の姿より大分粉飾されている。

——端的に言えば、美しすぎるのだ。見ていて恥ずかしくなるほどに。

「これがわたしのお母さま。ね、とっても美人でしょ！　十六、七歳の時のお姿だって、お父さまが言ってたわ」

「え、ええ……」

何と反応していいかわからず、そう返すのがやっとだった。

エミリアが生母の顔も知らず育ったわけでないことに関しては、感謝すべきかもしれない。しかしオスカーは一体何を思って、これ以上ないほど美化されたこの肖像画を飾っているのだろうか。

戸惑うジュリエットの手を握り、エミリアが移動を再開する。

「お母さまはね、わたしがまだ赤ちゃんだった時に亡くなったんですって。肖像画のお母さまはわたしと五歳くらいしか違わないのに、その年の頃にはわたしがお腹にいたってことよね？　なんだか不思議！」

歩きつつ、エミリアは母親についての話を続けた。

その口調が、まるで幼い頃から身近にいた相手のことを話すような親しげなものだったので、ジュリエットはつい気になって質問してしまう。

「エミリア……さまは、お母さまのお話をどなたからか聞いたことが？」

「ええ！　メイド頭のカーソンさんも執事のスミスさんも、それに他の使用人たちもみんな言うわ。お母さまは優しくて誠実なお人柄だったって。わたしが聞いたらいつも色々お話ししてくれるのよ。お母さまは元王女《プリンシア》さまで、少し身体が弱くて、本を読むのがお好きで、刺繍《ししゅう》が苦手だったこととか」

目をきらきら輝かせながら語るエミリアは、とても誇らしげだ。会ったこともない母親を心から愛し、尊敬しているように見える。

カーソンもスミスも、右も左もわからないリデルに対してとても親切にしてくれていた。それが仕事だったといえばそれまでだが、彼らが主人に倣って冷たい態度を取らなかったことは、リデルにとって本当に幸いだった。そしてエミリアに対し、よい思い出ばかりを語ってくれたことも。

「それからお父さまは……。お父さまはね、普段はあまりお母さまのお話をしようとしないの。きっとお母さまのことを思い出して、悲しくなってしまうのね」

オスカーがリデルの事を語ろうとしないのは、どう考えてもエミリアの想像しているものとは違う理由のせいだ。しかし彼女はどうも、両親がどのような関係であったのかを少しも知らされていないらしい。

普通に考えれば、娘に対してその母親との不和を積極的に話そうとする父親はあまりいないだろう。いくら疎ましく思っていても、相手が亡くなっているなら尚更《なおさら》、愛娘《まなむすめ》にだけは悟られまいとするのが親心のはずだ。父と亡き母が不仲だったと聞いて傷つきこそすれ、喜ぶ子供なんていないるはずがないのだから。

もちろん『リデル』も同意見だ。

だからジュリエットにできるのは、エミリアの言葉に曖昧に微笑んで肯定することだけ。

「そ、うですね。きっと、エミリアさま《ディエラ・エミリア》の仰るとおりです」

娘には真実を知らないまま優しい世界で生きてほしいし、この先も決して傷つくことのないよう、仲のよい両親の許に望まれて生まれてきたのだという幻想を信じていてほしかった。

「――あ。でもね、前にお父さま言ってたわ。お母さまはとても物静かで、控えめな性格だったたって。穏やかに笑う、綺麗な人だったたって」

「……お嬢さまにも見習っていただきたいものです」

ぼそりと、それまで黙っていた騎士の呟きが聞こえた。恐らく、わざと聞こえるように言ったのだろう。

ひどい、とエミリアが怒り出す。本気で怒っているわけでなく、拗《す》ねたような声と表情を作っているのは一目瞭然だ。

「わたしはお母さまにそっくりだってよく言われるのよ！」

「それは性格ではなく、お顔のことでしょう」

護衛とエミリアのやりとりに、ジュリエットは楽しげに笑ってみせた。けれどそれは表面上のこと。頭の中では先ほど耳にしたばかりの言葉が何度も木霊し、とても平静ではいられない。

『お父さま言ってたわ。お母さまはとても物静かで、控えめな性格だったたって。穏やかに笑う、綺麗な人だったたって』

それは亡くなった母親が素敵な女性であることを娘に印象づけるための、オスカーの苦し紛れの詭《き》弁《べん》だったに違いない。物静かで控えめというのはともかく、彼がリデルを綺麗だと思ったことなんて一度もないはずなのだから。

彼が好んだのは、マデリーンやシャーロットのような、華やかで目を引く女性たちだ。リデルのような地味な娘では決して、ない。

けれどジュリエットの中に存在するリデルの心は、それをわかっていながら敏《さと》く反応してしまう。

彼を恋い慕う気持ちが、時を経た今でも分不相応な期待を抱かせるのだ。

もしかしてオスカーも、少しくらいは自分に情があったのではないか……。愛や恋というほどでなくとも、多少は大切に思ってくれていたのではないか、と。

やはり自分はジュリエットでありリデルなのだと、強く実感してしまった。

前世と今は別ものである。そう割り切ろうとしたし、割り切れたと思っていた。

それなのに、ふとしたきっかけでありえない夢を見てしまうほどには、ジュリエットは未だに前世の自分という存在に引きずられ過ぎていた。

§

「こっちが洗面所で、これがお顔用の石鹸《せっけん》と保湿液。それからタオルと……。空き部屋だけどいつも綺麗に掃除してあるから、寝室も長椅子も安心して使ってね」

「あ、ありがとうございます」

空き部屋にジュリエットを通したエミリアは、てきぱきと動いて室内の説明をしてくれた。子供ながらにしっかりしたその姿は、まるで小さな女主人のようだ。

　こんなに立派になって……と、清潔なタオルを受け取りながら、ジュリエットは密かに感動してしまう。

「わたしは夜会に戻らないといけないけど、お部屋の外に護衛をひとり置いていくから安心してね。ジュリエットはここでゆっくり休んでて」

「でもわたし、帰りの馬車の時間をアダムさんと約束していて……」

　さすがに辻馬車が動いている時間に夜会が終わることはないため、帰りは騎士団の馬車で送ってもらえることになっていた。城から家までの距離が遠く、徒歩では帰れない者がジュリエット以外にも何人かいるのだそうだ。

　この部屋にいたら、いつその馬車が出発するのかもわからない。

　そう告げると、エミリアは小さく首を傾げた。

「泊まっていけばいいじゃない？　着替えはメイドに準備させるし、朝になったらうちの御者に家まで送らせるわ。あ、もちろんアダムには伝えておくから安心してね」

「い、いけませんお嬢さま。突然そのようなことを言われても、お客さまもお困りですよ。――そうですよね？」

　護衛たちがエミリアを諫め、次にジュリエットに返事を求める。

　――どうせ自分たちの言うことなど聞かないだろうし、貴女の口から断ってほしい。

　真剣な眼差しからは、彼らのそんな切実な訴えが感じ取れるようだ。空き部屋で休ませることまでは許容したものの、さすがに泊まらせるという提案までは看過できなかったらしい。

しかし護衛たちに頼まれるまでもなく、ジュリエットは初めからこの申し出を断るつもりだった。

ただでさえエミリアと近づき過ぎたのだ。このまま客間に泊まるなんてことになれば、完全に当初の予定とは正反対の展開になってしまう。

それを抜きにして考えても、今日初めて訪れたばかりの他人の家に突然宿泊するなんて図々しいことは、ジュリエットの常識の中ではありえない行動だ。

「ジュリエット、困ってるの？」

「いいえ、困ってなどいません。ですがそこまでご迷惑をおかけするわけには参りませんし、わたしはエミリアさまの優しいお気持ちだけで十分ですよ」

エミリアの気分を害さないよう、微笑みを浮かべて優しい口調で告げる。しかしそこで諦めるようなエミリアではなかった。

彼女はジュリエットの手を取り、ねだるような上目遣いで更に言葉を重ねたのだ。

「ねえ、お願いジュリエット！　せっかくだから一緒に朝食を食べましょう？　料理長の焼いたパンはとっても美味しいのよ。きっとあなたも気に入るわ」

――なんて可愛いのかしら。

甘えるような声とはしゃいだ笑顔が可愛すぎて、ジュリエットは無意味だとわかっていても思わず想像してしまう。もし、自分が娘と暮らせる未来があったとしたら、こんな風に我儘を言って甘えてもらえたのだろうか……と。

ありえない夢想は、ジュリエットの胸に幸福と切なさを一度にもたらした。

母親としての心が刺激され、思わずエミリアを抱きしめて頭を撫でたくなる。そんな衝動を止めてくれたのは、護衛たちの声だった。

「お嬢さま、無理を仰ってはいけません！」

「そうです！　お父上の許可も得ず勝手なことをしてはなりませんと、何度申し上げればわかっていただけるのですか」

せっかくジュリエットが断ったことで安心していただろうに、エミリアが諦めなかったものだから、護衛たちは再び説得に当たらなければならなくなったようだ。

可哀想に、オスカーから叱られることを恐れているのか、その声には悲愴感さえ漂っている。

しかしエミリアは、護衛たちがなぜそんなに反対するのかわからないとばかりに、きょとんと首を傾げるだけだった。

「だったら、お父さまのお許しが出ればいいんでしょう？　わたしからお願いするわ」

自分の考えを押し通そうとする意志の強さは、間違いなく父親譲りだろう。オスカーの場合それは領主としての仕事ぶりに出ており、周囲の意見も取り入れつつ譲れない部分は決して譲らないという信念がたびたび感じられた。

消極的だったリデルとは似ても似つかない頑固さだ。

それを我儘だとか自己中心的だと捉える人間もいるだろうが、ジュリエットはひとまず安心していた。

エミリアがこんな風に自分の意見を口にできるのは、それが許される環境で育ったからに他ならない。それに今回のことだって単なる我儘ではなく、元々ジュリエットへの気遣いからくる行動がきっかけなのだから。

「お嬢さま、ですが……」

「何か問題がある？　具合の悪い人を無理に帰すなんて、そっちの方が問題だわ」

そんな言い方をされると、すぐには反論の言葉が出てこなかったらしい。

口ごもる護衛に、エミリアは尚も言いつのる。まるで敵の防備が薄くなったのを見逃さず、これが好機だと攻め立てる将のよう。

「あなたたち、人助けなんてどうでもいいと思ってる？　具合の悪い女性を平気で追い出すの？　ううん。まさかアッシェンの誇り高い騎士がそんなこと考えるはずないわよね？」

「い、いえ」

「それは……」

元々口論に強い質《たち》ではないのだろう。人助けという言葉まで用いて何とか自分の考えを通そうとするエミリアの猛攻に、ふたりの護衛はすっかりたじたじだ。その隙に、エミリアがジュリエットにしか見えない絶妙な角度で片目をつぶり、意味深長な笑みを浮かべる。

「ねえ、ジュリエット。あなたもうちに泊まっていきたいわよね？――ほら、ジュリエットも頷《うなず》いてるわ！」

ちなみにジュリエットは頷いても首を横に振ってもいないのだが、エミリアは勝手に話を進めるつもりのようだ。

なるほど、エミリアはどうもジュリエットを気に入ってしまったらしい。護衛たちの反対を振り切ってまで、ここに泊まっていってほしいと思うほどには。

何か特別なことをしたつもりはないのに、なぜそうなったのか理由はわからない。

だが、あえて自分にとって都合のいい考え方をするならば、絆がふたりを引き合わせたとは考えられないだろうか。目に見えない親子の縁が前世から今までの間、ずっと途切れる事なく繋がっており、それがジュリエットとエミリアを結びつけたのだとしたら――。

――なんて。そんなはずないわよね。

ジュリエットは自身の願望に苦笑する。

もしそうだとしたら、と信じたい気持ちはあるが、見えない絆などという話はあまり現実的ではない。前世の記憶を持つ身で現実的とか非現実的だなどと言うのは、あまり説得力はないかもしれないが。

それはさておき、初対面で相手を気に入るというのはままある話だし、第一印象で友達になれそうだと感じた経験はジュリエットにもある。

いわゆる直感というものだが、きっとエミリアがジュリエットを気に入ったのも、それと同じような理由だろう。

何にせよ、エミリアが見ず知らずの泣いている人間を気遣い、慌てて後を追ってきてくれるような優しい子であることは間違いないのだ。

そうやってまたしても感慨に耽《ふけ》っていると、エミリアがとうとう護衛たちを追い出しにかかった。

「ほら、女性が休もうとしているのにいつまでも見てないで！　早く出て行かないと失礼よ！」

エミリアの勢いに押され、護衛たちは反論する隙も与えられないまま、邪魔な野良犬のように部屋の外へ追い払われる。

「じゃあね、ジュリエット。お父さまには後でわたしから話しておくから、あなたは何も心配しないで休んでね」

「は、はい……」

エミリアも護衛たちの後に続き、部屋を出て行った。

ぱたんと扉が閉まり、あれよあれよという間にジュリエットはひとり、部屋の中に取り残されたのだった。

「ええと……」

ひとりきりになり、ジュリエットがまず行ったのは室内をうろうろすることだ。何もしていない、とも言えるのだが、頭の中ではめまぐるしくさまざまな思考が巡っている。

エミリアが護衛たちの手を焼かせるほどの頑固なじゃじゃ馬で、でも可愛くて優しくて、オスカーはなぜかリデルの肖像画を飾っていて、エミリアは亡き母親を慕っていて。

しかもその亡き母親本人の生まれ変わりである自分をエミリアが気に入り、どういうわけか空き部屋に泊まることになってしまうなんて――。

「いくらなんでも、一度に色々起こりすぎて頭がついていかないわ……」

今更だが、自分はとんでもない状況に陥っているのではないだろうか。

城に足を踏み入れた時は、まさかこんな展開になるなど夢にも思っていなかった。

タオルを抱えたまま、ジュリエットはへなへなと長椅子にへたり込む。ガラス張りのテーブルに視線を落とすと、化粧がみっともなく崩れた若い娘の顔が映っている。

「わぁ……」

あまりに酷《ひど》い有様に、自分でも表情が引きつるのがわかった。

目の周りを縁取る目化粧は涙で流れて黒い筋を描いているし、瞼《まぶた》を彩っていた薄紅の色粉まで溶けて崩れていた。白粉《おしろい》もところどころが剝げてしまい、とても人前に出られる有様ではない。

エミリアが顔を洗えと言った意味が、ここにきてようやく理解できた。思っていたより大分、いやかなり酷い。普段より濃い化粧をしていたのが裏目に出たのだろうが、無惨という言葉がぴったりだ。

まだ子供のエミリアだけだったならまだしも、こんな顔を護衛騎士たちにまで晒《さら》していたなんて、羞恥で地中深くまで埋まってしまいそう。

今更後悔しても遅いが、一刻も早く顔を洗おうという気分になり、ジュリエットは長椅子から立ち上がった。

すると廊下から、誰かの話し声が聞こえてくるのに気付く。扉越しなのでぼそぼそとくぐもっていて聞こえないが、男性の声のようだ。

エミリアが置いていってくれた護衛が、通りかかった使用人とでも話しているのだろう。

特に気に留めることもなく、ジュリエットはそのまま洗面所へ向かおうとした。

しかし一歩足を踏み出した、その時だった。

部屋から廊下へ繋がる出入り口の扉が乱暴に開け放たれたことによって、ジュリエットは足を止めざるを得なくなる。

「お、お待ちくださ い閣下……っ！」

慌てたように制止する護衛の声が、どこか遠くで聞こえたような気がした。

手も、足も、顔も。全身が凍り付いて動かない。

闇から掬い上げたような漆黒の衣服が視界の端に入った瞬間、ジュリエットは自分でも驚くくらい素早く、反射的に視線を床に移していた。それは前世で染みついた、習慣のような行動。

こつ、こつ、と固い革靴の底が床を叩《たた》き、少しずつ近づいて来て、ジュリエットのすぐ目の前で止まる。

顔を上げなくともわかる。全身に怒りの気配を纏《まと》ったオスカーが、そこに佇んでいた。

記憶にあるものよりもっと冷然とした彼の空気。鋭い氷柱《つらら》のような肌を突き刺す視線に足が震え、ジュリエットは彼に対する恐怖が、未だに自身の心の奥底にこびりついていることを知った。

顔が、上げられない。

目を、合わせられない。

だがオスカーはジュリエットに、そのまま俯き続けることを許さなかった。

「……顔を、上げるんだ」

有無を言わさぬ命令に、ジュリエットはおずおずと顔を上げる。ゆっくりと、静かに、彼と目を合わせる。

その瞬間、乾いた唇からひゅっと鋭い音が鳴った。

オスカーの、冬色の瞳が。あの、見る者全てを威圧するような冷徹な瞳が——なぜかそこにひとつしか、なかったのだ。

§

ジュリエットは信じられない思いで、声もなくオスカーを見つめた。

——目が……目を、どうしたの？

頭の中で何度も問うが、答えなど出るはずがなかった。

オスカーの左目は、医療用で使う白いガーゼのそれとは明らかに違う、光を遮るような黒革の眼帯で覆い隠されていた。それだけではない。彼の額から首筋へ向かって、鋭い刃で切りつけられたような惨《むご》い傷痕があったのだ。

随分前のものらしく、傷自体は完全に塞がっている。

しかし、抉《えぐ》られた場所は元々の白い肌と異なり、生々しい肉色をしていた。僅かに盛り上がった

周辺の皮膚は痛々しく引き攣《つ》れており、何針も縫ったであろうことがひと目でわかるほどだ。

この傷のせいで、彼は目を失ったのだろう。

けれど一体何があったら、彼がこれほどの怪我を負う羽目になるのか。

騎士の称号を持つ貴族の中には、まともな訓練を積んだことのない名目ばかりの騎士も大勢いたが、オスカーは彼らとは違う。アッシェン騎士団を率いる長として、それに恥じない働きを見せてきた。

山間を拠点として旅人や町の人々を襲う異民族たちを制圧し、隣国との国境での小競り合いも見事鎮圧してみせた。彼がわずか、十七歳だった時の話だ。

天覧試合でも練習試合でも負けたことは一度もなく、無敗の記録を持つ。そんな彼に、一体誰がこのような怪我を負わせられたというのだろう。

凍り付いたジュリエットを、オスカーが頭ふたつ分ほど高い位置から見下ろしていた。

至近距離で長いこと相手の顔を見つめる。それは、子供でもわかるほど無礼な行為であったし、普段のジュリエットであれば絶対にとらない行動でもあった。

衝撃のあまり半ば思考停止状態に陥っていたジュリエットがそのことに思い至ったのは、頭上からオスカーの声が降ってきた時だった。

「傷のある醜い顔がそんなに珍しいか」

彼がまだ十九歳の青年だった時よりはっきりと低くなった、固い声。

三十一歳になった彼の、十二年前と比べて更に冷ややかになった声音に、ジュリエットはハッと我に返る。

「……っ、い、いえ。そんな……！」

慌ててぶんぶんと首を振りながら、己がどれほど不躾で無神経なことをしていたのかようやく気付いた。

初対面の相手に顔を――それも大きな傷痕が残る顔をじっと見つめられれば、誰でも興味本位ゆえの行動だと考えるはずだ。気分がいいはずはない。

ジュリエット自身にそういう意図がなかったにせよ、他者はそうは思わない。ましてや、凝視された本人は尚更。

相手に不快な思いをさせてしまった自身の迂闊《うかつ》さがあまりに恥ずかしく、ジュリエットは必死で頭を下げた。

「申し訳ございません、その……。少し、驚いてしまって。まさかお目にかかれるとは思わなかったものですから」

これは半分本当だ。

挨拶の後、部屋に引っ込んだのだろうとアダムの同僚から聞き、ジュリエットはこのままオスカーと顔を合わせずに済むと思い込んでいたのだ。

エミリアから空き部屋に案内された際は、同じ並びに彼の部屋があるという懸念が微《かす》かに胸を過《よぎ》ったものの、それでも部屋にこもってさえいれば大丈夫だろうと……。

なのに実際には、オスカーはなぜかジュリエットのいる部屋へ押し入るような形で現れ、今こうして目の前に佇んでいる。

唇を歪《ゆが》め、酷薄な笑みを浮かべながら。

「――そうか？　あまりにも不躾に凝視されたせいで、その驚きは私の見苦しい顔に向けられたものだと思っていた」

「そんな……っ。とんでもございません」

「それに、〝会えると思わなくて驚いた〟？　エミリアを使ってまでこの私的な場所まで入り込んでおいて、そんな言い訳が通用するとでも？」

オスカーの目が怖くて、ジュリエットはこくんと生唾を呑《の》み込む。

彼は――彼は確かに以前から冷たい目をする人であったが、だが、それでもこれほどまでに空虚な色を宿していたことがあっただろうか。まるで闇の深淵《しんえん》を覗き込んだような冥さで、ぞっとするような目つきで、他人を睨《ね》め付ける人だっただろうか。

「言い訳、なんて……。わたし、わたしはただ……」

十二年という歳月を経て相対した元夫の変化が恐ろしく、ジュリエットは思わず後ずさりしていた。

じりじりと、恐ろしい猛獣を前にした獲物のようにゆっくりと。

しかしすぐ背中が壁に突き当たり、それ以上の逃げ場を失ってしまう。

恐怖と不安に瞳を揺らめかせる哀れな獲物を、オスカーは逃がさない。

足音も立てず一気に距離を詰め、ジュリエットの顔の両隣を囲うように壁に手を突き、逃げ場を無くす。

ひっ、と喉の奥で悲鳴が零れた。

彼に会っても毅然《きぜん》としていよう。

城に足を踏み入れた時に抱いたそんな決意は、いざオスカーを目の前にし、脆《もろ》くも崩れ去っていた。

「――お前は、誰だ？」

息がかかるほど間近でジュリエットを見下ろしながら、オスカーが問いかける。女性に対する呼びかけとしては、それはあまりに乱暴な言葉使いだった。

ジュリエットは乾いた唇を何度か舌で潤し、みっともなく声を上擦らせながら答えた。

「ジュ、ジュリエット……ジュリエット・ヘンドリッジと申します。準騎士《ヴィキヤヴアリス》の、アダムさんのパートナーとして――」

「違う」

不格好な自己紹介は、にべもなく遮られた。

「それは偽名だろう。私は、貴女の、本名を聞いている」

息が、止まるようだった。

ひとことずつ区切るようなオスカーの言葉が、一切の反論を認めないと言っている。

どうして、と声にならない掠《かす》れた吐息が零れた。そしてオスカーは、その声なき問いかけが聞こえたかのように、嘲りを帯びた表情で目を細めた。

「……私の部屋の窓からは、大広間が隅々まで見渡せる。お前がアダム・ターナーに伴われて会場へ訪れた姿も、準騎士たちと談笑していた姿も、贈り物を手にエミリアの許へ向かう姿も、全て見ていた」

「わ、わたし、は……でも、わたしの他にも、たくさん……」

何をどう言っていいか分からず、ジュリエットは無様に震えながら子供のように拙い言葉を重ねる。

確かにオスカーの部屋からは、階下の様子がよく見えるのかもしれない。

だが大広間にはあの時、三百を優に越える招待客が集まっていたのだ。使用人たちを合わせれば、四百人近かっただろう。だというのに、誰かひとりの動向に目を留めるなんて、普通はあり得ない。

そう、特別目立つことでもしない限りは。

「ああ、招待客が大勢いたのに、なぜ私がひとりに注目していたのかを聞きたいのか」

自身の疑問を正しく察したオスカーの言葉に、ジュリエットは声もなく頷く。

オスカーが捕食者のように獰猛《どうもう》に瞳を煌《きら》めかせながら、乾いた声で嗤《わら》った。

「招待客の名簿には一通り目を通している。準騎士のアダムが、果樹園主の娘を同伴することも知っていた」

「……」

「それ自体、本当の名前かどうかもわからないが、便宜上そう呼ばせてもらおう。——ジュリエット。お前は中流階級の娘を装うには、あまりに不自然すぎたんだ」

その言葉は断罪の響きすら帯びて、ジュリエットの耳を冷たく打った。

「遅れて到着さえしなければ、あるいは私もわざわざお前に目を留めることはなかったかもしれない。だがそれも僅かな時間の差だ。遅かれ早かれ、私は違和感のある招待客に必ず気付いていただろう」

「あ……」

「お前自身は、貴族の招待されていない夜会にあって、自分がどれほど目立っているかという自覚がまったくないようだが——。地味な装身具を身に着け、安い仕立ての衣装を纏っていても、身体に馴染んだ所作は誤魔化せないものだ」

初めから、気付いていたのか。

そうして自室の窓から、ずっとジュリエットを……庶民のふりをした怪しい女を、監視していたというのか。

愕然とするジュリエットを追い詰めるように、オスカーは尚も言葉を重ねた。

「自分で言うのもなんだが、私は人を見る目はあるほうだと自負している。招待客や使用人たちは騙《だま》せても、私の目は欺けない。目的はなんだ？」

「も、目的？」

「お前は身分を偽ってまでこの夜会に参加し、嘘泣きによってエミリアの気を引いた。そうして狡《こう》猾《かつ》にも娘の優しさを利用し、この部屋へ足を踏み入れた。——目的がないとは言わせない」

ジュリエットは瞬きも忘れ、オスカーに気圧《けお》されていた。

たった二歳しか違わなかった前世ですら、リデルはいつも彼の前で縮こまっていた。そうして三十一歳になった今、彼の威圧感は十二年前と比べようもないほど凄《すさ》まじいものへと変じている。

「目論見《もくろみ》が発覚して声も出ないか？　生憎《あいにく》だが、今までにも何度かこういった経験があったせいで、それなりに警戒するようになったんだ。お前と同じように娘を使って私に近づき、後妻の座を射止めようとする愚かな女は少なくない。酷い時は、使用人に金を握らせてまで私の寝室に忍び込もうとした者もいた。既成事実でも作ろうとしたのだろう」

その使用人はもちろん解雇したが、とオスカーが吐き捨てる。そういった打算的な女性に対する、嫌悪に満ちた表情を浮かべて。

誤解だ、と言いたかった。けれど同時に、自分のこれまでの行動を振り返ればそう思われても仕方がない、という思いもあった。

身分を偽ったことを含め、きちんと彼に事情を説明するべきだ。それは分かっていた。

反論しなければ、オスカーの発言を認めたも同然だからだ。

しかしこの時、ジュリエットは自身が『リデル』に逆戻りしたような錯覚に陥っていた。

イーサンとの不義を疑われたあの日と同じく、口が自分のものではなくなってしまったかのように、自由に動かなくなる。

「アッシェン伯夫人の座と、我が家の財に目が眩《くら》んだのだろうが、お前のしたことは犯罪だ。即刻お帰り願おう」

「ち、ちが……わたし……」

何からどう否定していいか、頭の中がぐちゃぐちゃになってわからない。

それでもどうにか唇をこじあけ、目に涙を浮かべながら説明しようとしたジュリエットに対し、オスカーは喉の奥で嗤う。

「この期に及んで泣き落としか。その根性だけは見上げたものだ。だが、私はお前がどこの誰であろうと知る気はないし、興味もない。決死の覚悟でやってきたのだろうが、騎士団に突き出して尋問しないだけでもありがたいと思ってほしいくらいだ」

かぶりを振る。振動で目の縁に溜《た》まっていた涙が零れ、床にぽつんと落ちた。

泣くものか、と奥歯を噛みしめ唇を引き結ぶのに精一杯で、ジュリエットはまたしても声を失ってしまう。

しかし、オスカーが次に発した言葉を聞いた瞬間、ジュリエットは自身を締め付けていた『恐怖』という名の箍《たが》が、小さく軋む音を聞いた気がした。

「おおかた強突く張りの両親にけしかけられたか、あるいは没落した家の困窮を救うため人身御供《ひとみごくう》にされたといったところだろう。が、選んだ相手が悪かったな」

「――わたしの……」

ジュリエットの口から、普段より一段も二段も低い、腹の底から響くような声が漏れる。

しかしオスカーはそれに気付かない。

「特別に帰りの馬車は出してやる。いつまでもここにいられては迷惑だが、若い娘をこんな時間にただ放り出すわけにもいかないからな。――さあ、わかったならその化粧の崩れた見苦しい顔をこれ以上私の前に晒すな。そして今すぐ帰って両親へ伝えるがいい。私は浅ましい禿鷹《はげたか》共に施しを与えるつもりはない、とな」

目の前が真っ赤に染まった気がした。

「わたしの両親を侮辱しないで！」

大きな破裂音が響いた。ジュリエットは初め、それが先ほどから心の中で軋み続けていた、見えない箍の弾け飛ぶ音だと思っていた。

しかし、遅れて右掌に広がった熱と痛み。そして目の前で見る間に赤く染まっていくオスカーの頬を見て、その考えが間違いであったことに気付く。

ジュリエットは、オスカーの頬を打擲《ちょうちゃく》していた。

それも、頬に跡が残るほど強く。

頭に血が上るあまり、考えるより先に手が出てしまったのだ。

前世でも今世でも、他者に暴力をふるったことなど一度もなかった。騎士の決闘や戦闘を除く野蛮な肉体言語は、唾棄すべき最底辺の文化とされており、王族、貴族として暮らしてきた人生において最も縁遠いものであったからだ。

しまった、と瞬時に思った。だが、不思議と後悔はなかった。

――強突く張りの両親。人身御供。浅ましい禿鷹。

それは両親を愛するジュリエットにとって、最も許しがたい暴言だった。

女性から殴打された経験などほとんど――いや、きっと一度もないのだろう。

オスカーは頬に手をやり、奇怪な生物でも見るような目でジュリエットを見つめる。怒りはなく、ただ呆然《ぼうぜん》と、魂を抜かれたような顔をして。

その頃になると、腹の底から沸々と湧き上がるような煮えたぎる怒りは少しだけ収まっていた。

ジュリエットは怒りを押し殺した声で、淡々と告げる。

「――あなたのような無礼な方に、馬車を出していただく必要などございませんわ。大切な両親を愚弄するような無神経な方の、恩着せがましいお気遣いなど受けるに値しませんもの」

「な……」

「わたしは歩いて帰ります。ご希望どおり、今すぐ帰りますわ」

エミリアから渡されていたタオルで、ジュリエットは乱暴に顔を拭う。

乾いたままではあったが、ここまで言われて呑気《のんき》に洗面所を使う気にもなれなかった。

汚れたタオルを丁寧に畳んでガラスのテーブルに置き、胸を張って淑女の礼をする。そして殊更に意識して顔の筋肉を動かし、笑みをかたち作った。家庭教師に教えられた通りに鏡の前で練習し続けた、完璧な笑みを。

「ごきげんよう、アッシエン伯《アルト・アッシエン》。二度とお会いすることはないと存じますが、今後貴方《あなた》さまが、〝娘に近づく貴族令嬢は悉《ことごと》く自分の後妻の座を狙っている〟などという愚かしい自惚《うぬぼ》れをお捨てになることを願いますわ。それでは失礼いたします。どうぞエミリアさま《ディエラ・エミリア》に、ご親切のお礼を申し上げておいてください」

もう自分は、オスカーにただ怯えるだけの気弱な妻ではないのだ。

最後まで笑みを崩さないまま、ジュリエットは顎を引き、背筋をぴんと伸ばして部屋を立ち去った。

声を失い立ち尽くすオスカーを、ひとり残して。

# 二章　過去の幻影

声が響く。

怒り、詰《なじ》り、絶望し、責め立てる人々の声が。

『全部旦那さまのせいです！　旦那さまが奥さまを大切にしていれば、こんなことにはならなかった……！』

『どうしてリルを守れなかった!?　私はお前を一生赦《ゆる》さない！』

『そうよ……あなたは間違えた』

『そうして君の望むような罰を与えたとして……。それで娘が生き返るのかね』

『お父さま。どうしてわたしにはお母さまがいないの？』

一歩先すら見渡せないほど真っ暗な闇の中、声は幾度も幾度も木霊し、オスカーの身体《からだ》に蔦《つた》のように絡みついた。

逃れようともがけばもがくほど、底なし沼に足を踏み入れたかのようにずぶずぶと身体が沈んでいく。

首を絞められるような圧迫感と共に呼吸が苦しくなり、オスカーは必死で手を伸ばした。しかし、その手の先にあるのは、ただの無。

お前のその手は何も掴《つか》むことができないのだと、ざわめく闇が囁《ささや》いた。

——彼女が死んだのはお前のせいだ。

——お前さえいなければ彼女は苦しむことなどなかったのに。

——その手は、誰かを守ることなど決してできないのだ。

——赦さない、赦さない、赦さない……。

呪詛《じゅそ》のように延々と繰り返される言葉が、毒のように身体に染み込んでいく。

憎悪が内側からオスカーを苛《さいな》み、蝕《むしば》んでいく。

『旦那さま』

不意に遠くで、懐かしい声が響いた。

花を揺らす風のように柔らかく、雨上がりの森のように静謐《せいひつ》で、ひとひらの雪のように儚《はかな》げで可《か》憐《れん》な、美しい——声。

苦しかった呼吸が、一瞬楽になる。

声が、聞きたい。もう一度、今度はもっと近くで。

身体から力を抜けば、いつの間にか身体の落下は止まっていた。

暗闇の中、オスカーは耳を澄ませる。声の代わりに、ぽつん、と何か温かい雫《しずく》が落ちてきた。

頰が、濡《ぬ》れている。指先で恐る恐る、その場所に触れた。

ぬるりとした感触。手を目の前に持ってきて——総毛立った。指先が、真っ赤に染まっている。

暗闇の中でもわかるほど、はっきりと。

不意に、後ろから誰かが近づいてきた。

ひたひたと、濡れたような小さな足音を立てながら。やがてその誰かは、オスカーのすぐ側《そば》で止まる。

『……旦那さま』

再び、あの声が響く。

しかし、振り向けない。振り向くのが怖かった。

硬直するオスカーの耳を、頬を、凍えるような冷気が撫《な》でた。そして。

なぜ
わたしを
殺したのですか？

頭の中に切々と響くその声が、心臓を一息に貫いた気がした。

§

「────ッ!!」

掛布を撥《は》ねのけ、オスカーは弾《はじ》かれたように飛び起きた。

全身の肌は粟立《あわだ》っているというのに、額にも背にもびっしりと冷や汗を掻《か》いている。眼帯を着けていない左目の奥が、鈍く痛んだ。

激しい動悸《どうき》に呼吸は自然と荒くなり、オスカーは片目を大きく見開いたまま周囲を見回す。

カーテンの隙間から微《かす》かに朝日が差し込む、薄暗い室内。

部屋の隅々、物陰まで見ても、人の気配はなかった。

誰もいるはずがない。ここは城主の――オスカーのためだけの寝室なのだから。

飾り気のない衣装棚と、小さなテーブルに椅子。どっしりとした飴色《あめいろ》の柱時計が置かれた部屋には、針が時を刻む規則的な音が無機質に響くだけ。ただ、それだけだ。

深呼吸を繰り返し、オスカーは乱れた息を整える。そうして目元を手で覆い、深く長い溜息《ためいき》をついた。

――また、あの夢だ。

皆が口々にオスカーを責め立て、そして最後は必ず、耳元で彼女が囁く。

どうして自分を殺したのか、と。

妻を亡くしてから二年間は、毎日のように同じ夢を見続けてきた。

その後エミリアが徐々に言葉を覚えて喋《しゃべ》るようになってからは、慌ただしい日常に押し流されるように、夢を見る頻度も段々と減っていった。そうして最近、すっかり見なくなったと思っていたのだが。

「……随分と久しぶりだったな」

顔から手を離し、オスカーは寝台から起き上がる。そして寝る前に棚に置いた、金色の懐中時計を手に取った。

蓋を開くと、中には一枚の肖像画が収められている。

朝焼けの光に包まれ、生まれたばかりの我が子を抱く亡き妻の姿。

それはエミリアの乳母《ナーシー》を務めたモリス夫人《フェレナ・モリス》が、実際に目にした光景を描いたものだ。

絵心のあった彼女の鉛筆画は走り描きとは言えとても繊細で、不思議な柔らかさと温かみがあった。

オスカーはモリス夫人に頼んでその小さな絵を譲り受け、こうして懐中時計に入れて肌身離さず持ち歩いている。

「貴女《あなた》は俺に、忘れるなと言いに来たのだろう。もっと苦しめと。……当然だ。それだけのことを俺は、した」

オスカーは肖像画の中の物言わぬ妻へ話しかけた。

娘へ向けられた優しく幸せそうな眼差《まなざ》しは、罪に塗《まみ》れたオスカーにとってただただ眩《まばゆ》い。

オスカーの記憶の中では、彼女はいつも俯《うつむ》いていた。宝石のような瑠璃色の目がオスカーを見る時、いつもその瞳には絶望と恐怖が宿っていた。

もし、また彼女と会えたとしたら、きっとその目はオスカーへの憎悪と侮蔑に満ちていることだろう。

それも全て自身の招いた結果だと、わかっている。

先ほどまで懐中時計が置かれていた場所のすぐ隣には、鞣《なめ》し革《がわ》の鞘《さや》に収められた短剣が置かれていた。柄《つか》の部分に美しい装飾が施されており、男の手には少し細すぎるそれを、微かに戦慄《わなな》く唇へ押し当てながら目を閉じる。

まるで、祈りを捧《ささ》げる罪人のようだ。だが、この罪が赦される日は決して訪れない。

「決して忘れはしない。……忘れるものか」

ひんやりとした柄の冷たさを感じながら、何度も同じ言葉を繰り返す。それは奇《く》しくも、先ほど夢で耳にした闇の囁きによく似ていた。

やがて目を開け、短剣から唇を離したオスカーは、光を失って久しい左目をそっと押さえる。

壁掛け鏡に映る傷痕は醜く抉《えぐ》れ、皮膚が盛り上がっていた。誰もが目を背けたくなるほどの醜い傷痕。

愚者に相応《ふさわ》しい、咎人《とがびと》の証《あかし》。

今更悔いても意味がないことはわかっている。このような傷で、己の罪を贖《あがな》えるとも思っていない。喪《うしな》った者は、二度と帰ってこないのだ。

「リデル……」

そう。

オスカーが殺した、妻のように。

§

オスカーは先代アッシェン伯爵《アルト・アッシェン》と、貧しい平民女性との間に生まれた庶子だった。

父は大層好色な人で、政略結婚によって娶《めと》った正妻の他、大勢の愛人がいたという。その他、愛人とも呼べない、たった一度や二度だけ手つきになったような女たちも。

母もそんな女の内のひとりだった。

若くして夫を喪った彼女は、まだ一歳の娘を自身の両親に預け、洗濯婦として城で働くことを決めた。そこで父の目に留まり、手つきとなったのだ。

母は——オリヴィアというその女性は、近所でも評判のとても美しい人だったという。

上品な栗色《くりいろ》の髪に、知性的な緑色の瞳。肌は農民の娘らしく健康的な小麦色に焼け、いつも太陽のように温かな笑みを浮かべていた。

玉《たま》の輿《こし》も夢ではない、と若い頃から皆が口を揃《そろ》えて言うほどだった。実際、偶然彼女を見かけた裕福な商家の息子から熱烈な求婚を受けたことさえあるらしい。

しかしオリヴィアは、貧しくとも愛する人との生活を選んだ。そして愛する人が遺《のこ》した娘を守るため、危険を承知で城へ赴いたのだ。

当時、領主であった父の傍若無人ぶりは領地の隅々にまで広く知れ渡っていた。

メイドとして働きに出た娘が、傷物になって戻って来たなんて話は珍しくもなんともなかった。

まともな親たちは年頃の娘を隠すように育て、決して城の関係者には近づかせなかった。少しでも美しい娘を見れば、城からの回し者が半ば強引に城へ連れ去ってしまうからだ。

色狂いの人さらい。下半身でものを考える女好き伯爵《アルト》。

それが、父に対する領民たちの評価だった。

オリヴィアも、初めはとても迷ったのだそうだ。

美しい彼女が城へ行けば、確実に領主の目に留まる。それを恐れ、オリヴィアの夫も両親も、彼女を城へ働きに出そうとはしなかった。

それでも、老いた両親と共に小さな畑を耕しながら子を育てるより、城の洗濯婦をするほうが格段に稼ぎがいい。

できるだけ目立たぬよう、いつもひっそりと同僚たちの陰に隠れながら城での生活を開始したオリヴィアだったが、目敏《めざと》い父の目に留まるまでそう時間はかからなかったらしい。

哀れな寡婦は、傲慢な中年貴族の無聊《ぶりょう》を慰めるため、強引に慰み者にされた。

亡き夫に操を立てているのだと訴えたところで、農民を虫けらのように思っている男の耳には届くはずもなかった。

使用人など使い捨ての玩具に過ぎないとばかりに、普段は一度や二度寝所へ引きずり込んだらすぐ飽きる父も、オリヴィアの健康的な美貌には惹《ひ》かれるものがあったらしい。

他の女たちと同じように広い部屋を与え、愛人として囲ったのだ。

豪華なドレスやアクセサリーを取っ替え引っ替えさせられ、閨《ねや》へ侍《はべ》ることを強要される日々。正妻や貴族出身の愛人から嫌がらせを受けたことも、一度や二度ではなかったそうだ。

そんな生活が半年も続いた頃、オリヴィアはとうとう身ごもった。

父には当時、子がひとりもいなかった。

正妻だけでなく、大勢の愛人や手つきとなった女たちがいたのに、なんと皮肉な話だろう。子を孕《はら》むと同時に、オリヴィアは単なる卑賤《ひせん》な農民女ではなく、跡継ぎを産むかもしれない大事な器となったのだ。

しかし、農民女が初子を産んだというのでは体裁が悪い。

父は生まれてくる子を正妻の産んだ子と偽ることにし、情報が外へ漏れぬよう、オリヴィアを数名の使用人たちと共に離れの塔へ閉じ込めた。

父の正妻は、オリヴィアの腹部がせり出していくのに合わせ腹に詰め物をし、周囲に妊婦であるよう思わせていたそうだ。悪阻《つわり》が酷《ひど》いと部屋で休んでいるふりをし、口の堅い侍女に身の回りの世話をさせ、悠々自適な生活を送っていたらしい。

その間、彼女がオリヴィアを見舞うことは一度もなかったと、後に当時のことをよく知る老医師が語ってくれた。

やがて産み月を迎え、ようやく生まれた健康な男児を前に、父は大喜びだったそうだ。

オリヴィアや、我が子への愛情などではない。父はただ、自身を胤《たね》無しと罵った親族を見返したかっただけ。自身の弟や従兄弟《いとこ》たちに家督を奪われるのを阻止できて、安堵《あんど》しただけなのだ。

オスカーを産んだ後、オリヴィアは何度も暇乞《いとまご》いをしたそうだ。

実家へ帰してほしい。両親に会いたい。娘が自分を待っているのだと。

根が素直なオリヴィアは、跡継ぎを産めたならなんでも言うことを聞いてやる、と以前父が口にした言葉を信じていたのだ。しかし父がそんな約束を守るはずはなかった。

それどころか、脅しにかかったのだ。ここを出て行くのなら、実家の両親や娘の安全は保証できない。これからも息子の乳母として、城で暮らし続けるようにと。

愛人としての仕事も続ければ実家を援助してやってもいいと、金銭をちらつかせられれば、オリヴィアにはなす術もなかった。

父は彼女を逃がす気など最初からなかったのだ。

ひとつには、オスカーが本当は正妻の子ではないという秘密を守るため。そしてもうひとつは、オリヴィアのことを心底気に入っていたからだ。

しかしそれは決して愛ではない。思い通りになる美しい人形を手放したくない、子供のような独占欲だった。

オリヴィアは両親のため、そして誰より愛する娘のため、意に染まぬ生活を続けなければならなくなった。

彼女に関するオスカーの最初の記憶は、恐らく三、四歳の頃だ。

『ナーシー、ナーシー。あたまがいたい。からだがあついよう……。おかあさまはどこ？』

『――可愛《かわい》い坊ちゃま。お母さまはお忙しいのですよ。でも、坊ちゃまのことを心配しておられますからね』

『おかあさまはきてくれないの?』

『ええ……。でも大丈夫。ナーシーがお側に付いておりますからね。ほら、こうして冷たい氷を当てていると少しよくなってきたでしょう?』

熱を出して寝込んでいるオスカーを、一晩中つきっきりで看病してくれたオリヴィア。

当時、オスカーは父の正妻を「おかあさま」と呼び、産みの母のことは単なる乳母だと思い込んでいた。父と正妻が徹底的にそうなるよう仕向けたのだ。

望まない子だっただろうに、オリヴィアはオスカーに対してとても優しかった。

実母と名乗ることは決してなかったが、彼女の慈しむような眼差しや、寝しなに子守歌を歌ってくれる優しい声が、オスカーは大好きだった。

彼女が本当の母であれば、と願ったことも少なくはない。

真実を知ったのは、オリヴィアが亡くなり、父の正妻も亡くなったずっと後。オスカーが、十六歳の誕生日を迎えた直後のことだった。

その頃には父も年を取り、体力の衰えと共に寝込む回数が増えていた。相変わらず愛人たちを側に侍らせてはいたものの、どうやら男としての機能が上手《うま》く働かないらしく、女たちはいつも不満げな顔をしていた。

オスカーが生まれた時、父は既に五十歳を超えていたのだ。年齢を考えれば無理もない話である。

その当時、オスカーは領主代理として父の代わりに職務に当たり、荘園《しょうえん》管理や領内の視察を行っていた。父の領主としての能力は高いとは言い難く、まずは傾いた財政を立て直すところから始まった。

幸いにして、オスカーはまだ十六歳という若さであるにも拘わらず、次期領主として十分過ぎるほどの手腕を身に着けていた。厳しい家庭教師の下で勉学や稽古に励み、血の滲《にじ》むような努力を積み重ねてきた結果だ。

しかし、どんなに如才なく大人びた若者とはいえ、オスカーはまだ年若い青年なのだ。

重責に疲れ、皆に黙ってふらりと近隣の町や村へ赴くことも多かった。

そうして息抜きに訪れたとある長閑《のどか》な農村で、昔ナーシーが歌ってくれていた子守歌とまったく同じ旋律を、偶然耳にした。

懐かしさに足を止め、歌声に耳を傾けたオスカーだったが、ふと違和感に気付く。

外で洗濯物を干しながら子守歌を歌う若い女の声が、あまりにもオリヴィアのものと似ていたからだ。

彼女は五年前に死んだ。生きているはずがない。

そう頭でわかっていても、歌声の主を確認せずにはいられなかった。矢も楯《たて》もたまらず風にはためく敷布を勢い良く押しのけ、オスカーはその向こうに佇《たたず》む少女の姿を確認した。

敷布の波間から突如現れたオスカーの姿に、彼女は酷く驚いていた。思わず悲鳴を上げるほどに。

しかし、オスカーも同じくらい驚いていた。

「オリヴィア……」

少女の顔は、オリヴィアと瓜《うり》二《ふた》つだった。

栗色の髪も、緑の瞳も、他人のそら似では済ませられないほどまったく同じ。

年齢以外に違う点を上げるとするなら、目の前にいる少女のほうがオリヴィアより少し痩せているくらいのものだ。

「……母を、ご存じなのですか？」

「母？　君は――」

「わたしはシャーロット。オリヴィアは、わたしの母の名です」

警戒しながらも、少女は恐る恐るオスカーをじっと見つめた。オリヴィアと同じ目だった。

怪しい者ではないと身分を明かした上で、オスカーは彼女の家で話を聞くことにした。

シャーロットと名乗った彼女は、幼い頃から両親不在の許《もと》、祖父母に育てられたそうだ。

幼い頃に父を亡くし、やがて母も、遠くへ働きに行ったきり帰って来なくなったのだと語った。

「なぜ母が帰ってこないのか、いつも疑問に思っていました。母さんはどうしてうちにいないのか。どうして帰ってこないのかって……」

幼い彼女は、何度も祖父母に問いかけたそうだ。

『母さんはどこにいるの？』

『お前の母さんは、お城で働いているんだよ』

『いつ帰ってくるの？　明日？　あさって？』

『……お前がいい子にしていたら、きっとすぐに帰ってくるよ』

幾度となくそんな会話が繰り返されたものの、母が帰ってきた例《ためし》は一度もなかったそうだ。

「おかしいとは、思っていました。城で働いているという友人の母親や父親は、きちんと休みの日には帰ってきていたから。わたしは何も知らず、一度だけ、祖父母にお願いをしたことがあります。母が帰って来られないなら、わたしが会いに行きたいって……でも」

祖父母は事情を理解していた。

そんなことできるはずがない。けれど幼い孫娘に、母親の置かれた状況を正直に伝える訳にもいかない。

彼らは困ったように顔を見合わせ、申し訳なさそうに謝ったそうだ。最後には、涙まで流して。

「触れてはいけない話題なのだと幼心に察して、わたしはそれ以降、母の話題には触れないようにしました」

しかし祖父が亡くなる際に発した恨み言によって、彼女は自身の母がどんな目に遭ったのかを知ったそうだ。

洗濯婦として城へ働きに出て、領主によって強引に愛人とされたこと。それ以降、実家に帰ることも許されず、城に閉じ込められたまま亡くなったことを。

「母を恋しがるわたしに、祖母が歌を教えてくれました。祖母の、そのまた祖母の、更にずっと前のご先祖さまから受け継がれた歌だって。まだわたしが赤ちゃんの時、母が子守歌として歌ってくれてた歌だって。それが、さっきの歌です」

目の前で悲しげに笑う彼女がオリヴィアの娘であることは、間違いなかった。

「母はわたしたちに、いつも手紙を送ってくれたんです。……見てみますか？」

オスカーがオリヴィアに育てられたことを知って、シャーロットは家の奥から手紙の束を持ってきて見せてくれた。

『今年こそ帰れると思います』

『来年の春には帰ってもいいと言われました。父さん、母さんには苦労をかけてごめんなさい』

『娘は、シャーロットはどんなに大きくなったでしょうか。早く会って、抱きしめたいです』

大事に束ねられ、保管された手紙を見て、オスカーは怒りに打ち震えた。

父とオリヴィアがただならぬ仲であったことは、薄々勘づいていた。

初めて察した時には父を汚らわしいと思う以上に、オリヴィアへの落胆の気持ちが大きかった。

幼かったオスカーは、彼女の優しさも、親切も、愛情も、全て父の関心を得るためのまがい物だったと思ったのだ。

もちろん彼女を慕う気持ちが消えてしまったわけではないが、反抗期には、随分迷惑をかけてしまった自覚がある。

あれは恐らく、オリヴィアの愛情を独り占めできないことに対する憤りのような、未熟な子供にありがちな身勝手さの表れだったのだ。

優しい彼女にならば甘えても大丈夫だという驕《おご》りが、オスカーにはあった。

だが、それは大きな間違いだった。

彼女は父の愛人になどなりたくなかった。早く家族の許へ戻りたかったのだ。

そんな切実な願いを踏みにじり、父がオリヴィアを不幸な目に遭わせたことが赦せなかった。

城へ戻ったオスカーは、父が臥《ふ》せていることなど気にもかけず、彼の私室へ押し入った。

父は相変わらず、裸同然の愛人たちを侍らせている。『若君』の登場に色目を使う愛人たちを無視し、オスカーは厳しい口調でオリヴィアの件を問いただした。

父はぽかんと口を開け、目を見開き、やがてくっくっと笑い出す。

「いきなりどうしたのかと思えば……。それが、何か問題なのか？　私は貧しい農民の女に目をかけ、贅沢《ぜいたく》をさせてやったのだぞ。感謝してほしいくらいだ」

醜悪な笑みには、後悔も、謝罪の気持ちも何もない。樹《き》に生《な》った林檎《りんご》をもいで何が悪い、とでも言いたげな顔だった。

瞬間的に頭に血が上り、オスカーは父の胸ぐらを乱暴に掴んでいた。

愛人たちが、悲鳴を上げながら逃げていく。

首が絞まり、激しく咳《せ》き込んでいるにも拘わらず、父は相変わらず愉《たの》しそうに笑っていた。

何がそんなにおかしいのかとますます怒りが湧き上がり、もう少しで目の前の顔を殴りそうになる。そんなオスカーを止めたのは、父が歌うように告げた一言だ。

「めでたいな」

意味がわからず、胸ぐらを掴む力が一瞬弱まる。

すると父は目を細め、愉快な道化師でも見るような表情でオスカーに告げた。

「まだ気付かないのか、オスカー。……あれはお前の生母だ」

オスカーの手が力を失い、父から完全に離れる。

父の言葉を理解することを、脳が拒んだ。オリヴィアが自分の……何だと言っているのか。同じ言語を喋っているはずなのに、まるで異民族の言葉を耳にしたような錯覚に陥る。

「息子よ。どうしてお前が〝母〟と呼んでいた女が、あれほどお前に冷たかったか考えたことはないか？　なぜ、ただの子守女を領主夫人という立場の母親があれほど嫌っていたのかも」

確かに、母はオスカーに冷たかった。それどころか、憎まれていると感じることすらあった。

初めは、勘違いだろうと必死に思い込もうとした。もっと頑張れば、母はきっと自分を愛してくれる。優しくしてくれると。

だが、彼女の誕生日に花束を贈った際、汚らわしい手で触れるなとはたき落とされたことが決定打となった。その後も母はことあるごとにオスカーを穢《けが》れた血だの卑しい子だのと呼び、あからさまに蔑み続けたのだ。

当時はその言葉の意味すらわからなかったが、今思えばどうして気付けなかったのだろう。

青き血に誇りを持つ貴族たちが平民を穢れていると考えるのは、ごく一般的な話だというのに。

「お前は母親に愛されたいという希望を捨て切れなかったようだがな。まあ、自分が子を産めないことだけでも随分と矜持《きようじ》が傷つけられたのに、その上下賤《げせん》の女が跡継ぎを産んだのだ。気位の高い妻には耐えられなかったのだろう」

何も言い返せず硬直する息子を見て、父は至極満足そうだった。自分の言葉が相手に衝撃を与えたことで優越感に浸っているのだろう。そういう男だ。

「ああ、オスカー。我が優秀にして愚鈍なる息子よ。お前は本当にめでたいな。私が母子を引き裂いた？　いいや、違う。オリヴィアが城へ留《とど》まらざるを得なくなったのは、お前のせいだ。お前さえ生まれなければ、あれも家族の許へ帰れていただろうに。お前の存在がオリヴィアと、その家族たちを不幸にしてしまったのだ」

全身の血が足下へ落ちていき、頭がすっと冷えるような感覚に陥った。

父の言葉は完全な責任転嫁であり、ただ息子を傷つけ痛めつけるためだけに発せられたものであることは間違いなかった。客観的な視点で冷静に聞けば、明らかに論理破綻していることがわかる。

彼は実の息子ですら、利用価値の高い道具としてしか見ていなかったのだ。

「なんだ、その顔は。この父のおかげで、お前は単なる劣り腹の私生児から、この広大な領地を継ぐ伯爵家の嫡男となれたのだぞ。感謝すべきだろう」

まだ年若いオスカーの心に深い傷を残すのに、それは十分な暴言であった。

自分が今までアッシェン伯の後継として当然のように享受していた恩恵は、本来は決して得られなかったもの。

オスカーは紛《まが》いものの嫡男で、望まれて生まれてきたわけではなかった。

父の罪深き愚行の産物。母の犠牲の証。それが、オスカー・ディ・アーリングの正体だというのか。

何が、オリヴィアが本当の母であればよかっただ。

オスカーの人生は、彼女の犠牲の上に成り立っていたというのに。

母の苦労も知らず、のうのうと彼女の優しさに甘え続けていた自分の傲慢さに反吐《へど》が出る。

自分の存在が、母から家族を奪ったのだ。

三日月形に細められた父の目が。オスカーと同じ冬色の瞳が、何も知らず、気付こうともしなかった息子を哀れみ、蔑んでいる。

恐ろしいほど自分にそっくりな父の顔から、オスカーは視線を逸《そ》らした。震える足を叱咤《しった》し、その場から逃げ出した。

だが、どこまで逃げても、背に突き刺さる父の高笑いや、母と思っていた女の口からかつて幾度も放たれた侮蔑の言葉は消えてくれない。

それはその後も長きに亘って強い呪縛としてオスカーを縛り、苦しめ続けることとなった。

§

妻と——リデルと初めて出会ったのは、それから数ヶ月後の事だった。

通常、貴族の子息が社交界へデビューをするのは、十七歳と決まっている。だが、それ以前に正騎士《キャヴァリス》の位を叙任された者はその限りではない。

国王《カインストル》より叙任宣言を受け、誓いの言葉を述べた上で、新たな剣を賜る。王家によって正式に騎士として認められた証の、特別な剣だ。

『常に誠実に、常に謙虚に、常に勇ましく。品位を損なうことなく己の心に誇りを抱き、民の盾、王の剣とならんことを』

誓いを立て正騎士となった人物は、その瞬間から立派な成人と見なされ、社交界デビューを果たした者と同等の扱いを受けられるようになる。

オスカーは七歳からアッシェン騎士団で乗馬や剣術など武芸修行に励み、九歳からの二年間を、宮廷で見習い騎士として過ごした。そこから更に二年の従士期間を経て、アッシェンへ帰郷。準騎士《ヴイキヤヴアリス》として父を助け、十六歳となった年の建国記念日に宮廷へ召し出され、正式に叙任を受けた。

アッシェン領は国防の要というだけあってかなり特殊な立ち位置として扱われ、王都以外に騎士団を構えることを許された、数少ない領地の内のひとつであった。

そういった国防上重要な土地に置かれた騎士団は、いわゆる自警団や私兵などといった、領主自らが組織した警備団体とはまったくの別物である。わかりやすく言うなら、王都にある騎士団の支部といったところだろう。

国王は領地防衛のため騎士を派遣し、現場の指揮を領主に任せる。アッシェンは国境が近い分、異民族やならず者とのいざこざも多く、そのため騎士団に所属するのは自然と手練《てだ》れが多くなる。

そんなアッシェンの次期領主として鍛えられたオスカーは、叙任を受けるのが同期たちより半年早かった。

母のことを知らなければ、そのことを心から誇らしく思ったかもしれない。

幼い頃から神童と呼ばれ、後に天才と讃《たた》えられ、通常より早く正式な騎士となった自分が、誰よりも強く特別な人間だと思えただろう。

元々オスカーは、国にとって重要な地を受け継ぐ自分という存在に、少々自惚《うぬぼ》れていたところがあった。

黒い騎士服から赤銅の飾緒を外し、正騎士の証である銀のそれに付け替える日を心待ちにしていた時期もあった。

しかし、自分が生まれてきたことで実の母が犠牲を強いられていた事実を知った今、どうして自身の出世を喜べようか。

更に、この頃になれば、オスカーは周囲から悪意を向けられることも多くなっていた。

ただでさえ普通の貴族とは少し違う、特殊な家柄に生まれたのだ。その上、同期を差し置いて真っ先に正騎士となった彼を妬む者は少なくない。

『聞いたか。アーリング家の若造は、当主の正妻ではなく農民女の産んだ子らしい。国王陛下の覚えめでたく大きな顔をしていたが、所詮は劣り腹の私生児か』

『アッシェン伯も、よもや本気で隠し通せると思っていたのだろうか。さすが、大した歴史も財も持たぬ汚らわしい新興貴族よ。青き血を持つ高貴な我々とは、ますます相容《あいい》れぬわ』

どこかから漏れた噂《うわさ》は瞬く間に広まり、オスカーを攻撃するための格好の材料として使われた。

建国以前からシルフィリア家に仕えていた古き血統の貴族はもちろん、見習いや従士の時期に交流があった者たちですら、オスカーに聞こえるよう陰口を叩《たた》く始末であった。

汚らわしいと厭《いと》われ、忌避されたとしても、それが根も葉もない妄言であったならオスカーも堪える事ができただろう。いや、たとえ彼らの言っていることが事実であっても、それだけならばさほど気に病むこともなかったに違いない。

だがその時のオスカーは、白身の出生の秘密や、母の身に起こった数々の悲劇を知ったばかりだった。

母への罪悪感や、父への憎悪。何も知らなかった自分自身への嫌悪。それらによって脆《もろ》くなった心は、悪意を受け流すほどの余裕を保てなかった。

正妻の子でない自分を、オスカーは『劣り腹の子』だとは思わない。

オリヴィアは劣ってなどいない。愛情深く優しい、素晴らしい女性だった。愛する母の血が流れていることを、恥じる必要などどこにあるだろうか。

しかしどんなに自分に言い聞かせても、周囲はそうは思わない。その事実は、年若いオスカーを酷く痛めつけた。

いくら天才と呼ばれようと、オスカーは聖者ではない。十六歳という年齢で全てを抱え込み達観することなど不可能だ。

罪から逃れることも、責務を投げ出すこともできず、オスカーは暗澹《あんたん》たる思いのまま、正騎士として最初の任務に臨んだ。

国王の第一子、王女《プリンシア》イヴリンの婚礼における一連の行事に、警護として携わる仕事だ。

イヴリン王女は臣籍降嫁を選ばず、王族の血を引く侯爵《マルク》を婿に迎え入れることを決めた。そのため、国家における重要な式典を行う際にのみ使用される、アルデマリス大聖堂で婚儀を挙げたのである。

大聖堂そのものは要塞のように堅牢《けんろう》な造りになっており、関係者以外の立ち入りは禁止されている。

しかしその後、王女の婚礼を民へ広くお披露目するための祝賀パレードが行われるのだ。パレードは誰でも観覧することができ、そんな中で王族に危害を加えようとする者が現れないとも限らない。

近衛《このえ》隊と騎兵隊が馬車の周辺を固め、更に大勢の騎士たちが周囲に目を配る。まだ騎士になりたてのオスカーが重要な場所に配置されることはなかったが、その時ばかりは雑念を払い、王族を守る任務を全うした。

その後、宮廷で開かれたイヴリン王女の結婚を祝う夜会において、オスカーは運命の出会いを果たした。

あれは、夜会が開始してしばらく時間が経《た》った頃だった。

引き続き会場警備の任に当たっていたオスカーは、一部の招待客たちがざわめいているのを聞きつけ、慌てて様子を窺いに行った。

宴で盛り上がっているのとはまた何か違う、あまりよくない気配を感じたからだ。

案の定、十数名の招待客たちが眉をひそめ、不快そうな顔をしているのが見えた。誰か、とんでもない粗相でもやらかしたのだろうか、と。オスカーも最初はそう思った。

社交の場で酔って醜態を晒《さら》したり、痴情のもつれで周囲に迷惑をかけた人間の話は、枚挙に暇がないからだ。

しかしそれにしては、どうも様子がおかしかった。普通そんな事が繰り広げられれば、人々は表面上は困惑した様子を見せながらもその実、よい噂の種ができたと喜ぶものだからだ。

暇を持て余した特権階級の人間は噂話が大好きだ。それが刺激的であればあるほどよいというのだから、悪趣味な話である。

しかし今、ざわついている貴族たちの顔に浮かんでいるのは、好奇心というより嫌悪とも言うべき負の感情だ。

よくよく目を凝らして見れば、人々が遠巻きに視線を送るその先には、ひとりの少女の姿があった。

床に蹲《うずくま》り、俯いているせいで顔は見えず、どこの誰ともわからない。しかし、月を紡いで絹糸にしたような銀色の髪や、紫色のドレスから覗《のぞ》く白い首筋がとても印象的だった。

蹲った拍子に落としでもしたか、側には小さな花束が転がっており、せっかくの白薔薇《しろばら》の花びらがバラバラに散っていた。

口元を押さえ明らかに具合が悪そうにしているのに、周囲の人間は彼女を助けようとするどころか、ひそひそと陰口を囁き合っている。

老いも若きも、男も女も、皆一様に。

「何だあれは、このような祝いの席で見苦しい。場をわきまえられない愚か者が」

「しっ！　声が大きいわ。あの方は第四王女のリデル殿下よ」

「ああ、あれが〝はずれ姫〟の……。まったく離宮に引っ込んでいればいいものを、また姉姫の顔に泥を塗ったのか」

「仮にも王家の姫君が、十四歳にもなってあのような有様とは……。嘆かわしい」

広間の端で起こった出来事であるが故に、主賓席にいる国王夫妻やイヴリン王女たちには気付かれまいと思ったのだろう。其処此処《そここ》から、悪意のある声が聞こえた。

よく見れば確かに、少女の頭には王女の証である小さな宝冠が載っている。

はずれ姫の噂は、オスカーも何度か耳にしたことがある。

病弱で、いつも離宮に引きこもっている陰気な王女。人付き合いが苦手で、たまに社交の場に顔を出したかと思えば、王や王妃《クィニア》、優秀な兄姉《きょうだい》たちの足を引っ張るような失敗ばかりをする。

エフィランテ王家の宝花と名高き姉たちと違い、酷く醜い顔をしており、それを隠すために常に俯いているとも言われていた。

しかしそれが本当だとして、わざわざ今、口にすべき話題だろうか。

明らかに具合の悪そうな人間を前に、手を差し伸べるでも声をかけるでもなく、陰口を叩く。それが、彼らが誇る『貴族』としての正しい在り方だろうか。

困っている人がいれば助ける。それは子供でも知っている常識だ。相手が王女であろうと貴族令嬢であろうと、あるいは庶民の娘であろうと関係ない。

「……あのままだとまずいんじゃないか？」

「侍女は何をやっているんだ。姿が見当たらないな」

オスカーと同じく会場の警備を任されていた他の騎士たちも、口ではそう言いながら、誰も動こうとはしなかった。

堪《たま》らず、オスカーはその場を別の騎士に任せ、人波をかき分けながらリデル王女《プリンシア・リデル》の許へ駆けつける。

どけ、と声を荒らげたような記憶もあるが、必死だったので定かではない。誰もが驚いたような顔をしていたが、それもどうでもよかった。

「大丈夫ですか、王女殿下」

蹲るリデル王女に、オスカーは手を差し出した。間近で見れば彼女の呼吸は荒く、伏せられた顔も信じられないほど青ざめていた。

可哀想《かわいそう》に。早く休めるところに連れて行かなければ。なぜ皆、こんな苦しげな姿を見て陰口など叩けるのだろうと、不思議でならなかった。

まさか、誰かがそんな風に声を掛けてくれるとは思ってもいなかったのだろう。王女は、おずおずと顔を上げる。

涙に濡れた瑠璃色の目と視線が合った時、オスカーは彼女を『はずれ姫』と称した人間は、漏れなく目か頭がどうかしていると思った。

濃い紫のドレスが真珠のように白い肌を引き立て、小さなダイヤモンドを鏤《ちりば》めた宝冠《ティアラ》が、銀の髪をより神秘的に煌《きら》めかせている。

細い手も首筋もガラス細工のような儚さで、少しでも強く触れればたちまち壊れてしまいそうな印象だった。

まるで月の化身だ。

大きな丸い瞳といい、髪と同じ色をした長い睫毛《まつげ》といい、整った鼻梁《びりょう》といい、醜いところなどこにも見当たらない。

しかし、見とれている暇はなかった。

美しい宝石のような瞳を不安に揺らす王女は、オスカーの登場によってますます周囲の注目を集めている。王女のほうも、オスカーの手を取ってもいいものかどうか迷っているようだ。

とにかく、繊細な王女をこれ以上衆目に晒すわけにはいかない。

「――失礼」

オスカーは彼女の返事も待たず、手を覆っていた白い手袋を外し、落ちていた花束の残骸と共に、細い身体を抱き上げた。

手袋を着けず淑女に触れるのは非常に無礼な行為であったが、王女が滑り落ちてしまうよりは無礼者と呼ばれたほうがいい。

甘い花のような香りがふわりと鼻腔《びこう》をつき、銀の髪が頬を優しくくすぐる。

足が地面から離れ、王女は小さな悲鳴を上げつつオスカーの首にしがみついた。

人々が目を丸くしているのを完全に無視し、オスカーはそのまま大広間を後にする。

「あ、あの……。どうか下ろしてください……自分で歩けます……」

外に出たところで、王女が小さく身じろぎをした。

オスカーは横抱きにした彼女を見下ろし、青白い顔に冷や汗が浮かんでいるのを確認する。どこからどう見ても、自分の足で歩ける状態ではない。

「具合の悪い貴婦人を歩かせるわけには参りません。私のような者に抱えられるのはご不快と存じますが、どうか離宮までご辛抱ください」

「いいえ、不快なんて……そうではないのです。あの……見苦しいでしょう？　顔も唇の色もとても悪いし、髪も乱れて……。それに、途中で戻すかもしれませんから」

「具合が悪いのですから、顔色が悪いのは当然です。それに見苦しくもありませんし、戻しても構いません。貴女は自分の心配だけをしていれば結構」

嘔吐《おうと》しそうだというのは、顔色を見ていればわかる。それを承知の上で抱き上げたのだ。心配こそすれ、気持ち悪いなんて思うはずもない。

しかし王女は泣きそうになりながら目を伏せ、小さく首を横に振ったのだ。

「ご迷惑をおかけしたくないのです……。汚いから。あなただって、服が汚れたらきっと後悔するでしょう……？」

今にも消え入りそうな、震える声だった。

思いもよらぬ言葉に驚き、遅れて怒りがやってくる。

王女への怒りではない。彼女がそんな発言をするに至った要因に対しての怒りだ。

よりにもよって具合が悪い時に、自身の心配ではなく他人の服が汚れる心配をするなど――。一体これまでどれほどの人間が、本人にはどうにもできない理由で王女を貶《おとし》めてきたのだろうか。

そう思うだけで、彼女に劣等感を植え付けた人間を、片っ端から殴り飛ばしたい気持ちになった。

「そんなことは気にしません」

他者を慰めるための言葉は、いくらでも存在するだろう。

しかしオスカーは朴訥《ぼくとつ》で、こんな時、相手にどんな風に声をかければいいのかもわからなかった。

ましてやリデル王女は、オスカーがこれまで目にしてきた誰より可憐な少女だ。

使用人を除き、年頃の女性と接した経験の少ないオスカーが緊張するのも無理はない。騎士になりたての青年にとっては、美しい少女と最低限の会話を交わすことで精一杯だったのだ。

「このまま、私が離宮までお送りいたします」

オスカーは王女の、下ろせだの迷惑をかけたくないだのという一切の訴えを退け、彼女を離宮へ送り届けた。

王女の侍女たちは初め、主人が見知らぬ男の腕に抱かれて戻って来たことを不審に思っていたようだ。だが王女の口から事情を聞き、オスカーに対する非礼を謝罪した上で、何度も礼を述べた。

「主人を助けてくださり、ありがとうございます。リデルさまは人混みが苦手でいらっしゃるのですが、さすがに姉君のご結婚をお祝いするための場に顔を出さないわけにもいかず……」

「お側に私どもの同輩がついていたはずなのですが、人混みの中ではぐれたのでしょう。ご迷惑をお掛けし、誠に申し訳なく存じます」

「卿《ステア》が一緒にお持ちくださった花束は、リデルさまがこの日のため、手ずから育てて作ったものです。イヴリン王女殿下《プリンシア・イヴリン》は、リデルさまと同じで白い薔薇の花を一番好まれますから……」

――どこが陰気で醜い王女だ。

オスカーは舌打ちをしたくなった。

彼女は姉を祝うため、苦手な社交の場に顔を出すような勇気ある人だ。

姉の最も好きな花を自分の手で大事に育てるような、思いやりのある人だ。

そして自身が苦しんでいても、他者への思いやりを決して忘れない、心根の優しい人だ。

それに比べて、あの場にいた貴族たちはどうだろう。どんなに着飾り、高価な宝石を身に着け、美しい蝶《ちょう》に擬態していても、その中身は性根の腐った害虫だ。

王女を誹《そし》り、中傷してきた貴族たちへの怒りを募らせながら、オスカーは離宮を辞した。

王女は既に寝台で休んでいたが、侍女たちから代わる代わる名を聞かれた。しかし、くれぐれも王女の身体を労《いたわ》るようにとだけ言い残し、早々に立ち去った。

名乗るほどのことをしたつもりはなかったし、恩を売る気もなかった。ただ、王女の体調が早く回復するようにと願うだけだ。

王女の存在が頭から離れなくなったのは、その時からだ。

何をしていても、誰といても、心の中では常に王女のことを考えている。

潤んだ瑠璃色の目、頼りなげに首裏に回された手の温度、肌の柔らかさ。頬をくすぐる銀の髪。

オスカーが離宮を去る前、苦しそうにしながらも浮かべた微笑《ほほえ》み。

甘い、花の香り。

王女が忘れられない。

もう一度、彼女と言葉を交わしたい。

あの時、どうして名乗らなかったのだろう。名乗ってさえいれば、それをきっかけに、王女と交流する機会を持てたかもしれないのに。

自分で名乗らないと決めたにも拘わらず、身勝手にも後悔した。

いくら鈍いオスカーでも、その感情の正体を知るのに、大して時間はかからなかった。

——恋。

生まれて初めて抱いた特別な気持ちが、甘く苦く胸を焦がす。

オスカーはひと目見た瞬間から、心を奪われていたのだ。

俗世の穢れから離れた場所で守られ、慈しみ育てられてきた、清らかな月の妖精に。

§

それでも初めの内は、必死で言い聞かせていた。

これは美しく清らかなものに対する憧憬のような感情で、まだ本当の恋には至っていない。穢れた血、劣り腹と言われる自分に想《おも》いを向けられても、王女も迷惑なだけだ。

彼女は仕えるべき主君の娘であり、オスカーが懸想をしていい相手ではない。

今ならまだ間に合う。どうせ一年後には王都を出て、またアッシェン領へ戻るのだ。深みにはまる前に忘れよう。

そう努めた。

けれどそんなオスカーの許に、王女から手紙が届いた。

名乗らなかったにも拘わらず、侍女たちが王女の頼みで、オスカーの名を探り当てたらしい。夜会の際、『はずれ姫』を抱えてその場を去った騎士の正体にたどり着くのは、そう難しいことではなかっただろう。

アッシェン伯爵家が王都に保有する別邸に届いたのは、書き手の繊細さがそのまま表れたような、『ステア・オスカー・ディ・アーリング《アーリング家のオスカー卿》』美しい宛名書きの記された手紙。

王女を表す、薔薇と鈴蘭《すずらん》の紋章。

オスカーは逸《はや》る気持ちを抑えながら、破らないよう丁寧に封を切った。

そこには宛名書きと同じく細やかな文字で、先日の礼がしたためてある。

オスカーの親切のおかげでとても助かったこと。数日休んだら体調もすっかりよくなり、改めてイヴリン王女に祝いの花束を渡せたこと。

迷惑をかけたことや、勝手に名前を探らせたことに対する謝罪の言葉と共に、手を差し伸べてもらえて嬉《うれ》しかったという気持ちが綴《つづ》られていた。

手紙には小さな贈り物が同封されている。添えられていたのは、銀色のカフリンクスだ。摺《す》り貝《がい》細工の中に金色の魚が泳ぐ、美しい品だった。

『気持ちばかりですが、わたしが選びました。使っていただければ嬉しいです』

手紙の文章を読むだけで、頭の中で勝手に王女の声として再生される。

品物や、感謝が欲しくて助けたわけではない。

けれどこうして王女から手紙が届き、自分のためだけに選んでくれたであろう品物を手にすると、心の底から嬉しいという気持ちが湧いてくる。

「いいのだろうか……」

ひんやりとした小さなカフリンクスを手に、ふとそんな呟《つぶや》きが漏れた。

いくら礼とはいえ、一介の騎士に過ぎない自分が王女から贈り物をしてもらうなど、あまりに恐れ多い話だ。とはいえ受け取れないと告げれば、せっかくの心遣いを無下にしてしまう。

ならばせめて、返礼品を送ろう。

しかしながら女性への贈り物に何が相応しいのかなど、見当も付かない。オスカーは早速、数少ない友人のひとりに相談することにした。

§

「……頼む、アーサー。お前なら女性の喜びそうな贈り物も知っているだろう」

「そりゃまあ、お前よりは詳しいけど。で、お前が礼をしたがってる、その〝さる高貴な家柄のご令嬢〟って誰なんだよ?」

アーサーはオスカーより四つ年上で、二年半前から正騎士《キャヴァリス》として働いている。同じ騎士の許で見習いとして切磋《せっさ》琢磨《たくま》した仲であり、性格は少々軽薄だが、オスカーにとっては最も信頼のおける友人だ。

彼自身は貴族ではないが、実家は誰もが知っているほどの豪商で、父親は一代限りの貴族称号──準男爵位を叙爵されている。

そんな彼の実家の客間で向かい合いながら探りを入れられ、オスカーは口を閉ざした。

未婚の王女が誰か特定の男性に贈り物をしたというだけでも、あまりおおっぴらにすべき話ではないのだ。いくら親友相手とはいえ、王女の名誉を損なう可能性のある話はしたくない。

それに何より、この件は美しい思い出として、自分の中だけに大事に留めておきたくもあった。

「……黙秘する」

「何だよそれ!　俺にも内緒ってわけか?　きっと、ものすごい美人のご令嬢なんだろうなぁ」

「変なことを言うな」

茶化され、オスカーは渋面になった。

女好きのこの友人は、ちょっとでも美人を見かければすぐに粉をかけたがる。もしオスカーが美人だと答えれば、見せろ見せろとうるさいに違いない。

そして実際にリデル王女《プリンシア・リデル》と顔を合わせたら、間違いなく全力で口説きにかかるだろう。

「あの堅物なオスカーにも、とうとうそんな女性ができたんだなって喜んでるんだよ」

「ただの礼だと言っているだろう。いいから早く教えろ」

そんな会話をしていると、扉を叩く音が聞こえた。

「お兄さま、入ってもよろしいですか？　お茶を淹《い》れて参りました」

「ああ、入れ」

アーサーが促すなり、真っ青なドレスに身を包んだ華やかな赤毛の娘が、銀盆を抱えて室内へと足を踏み入れる。

彼女はオスカーの顔を見るなり表情を明るくし、弾むような声を上げた。

「ごきげんよう、オスカーさま《ステア・オスカー》！」

「久しぶりだな、マデリーン。少し見ない間に一段と綺麗になったな」

「本当に!?　嬉しい！」

銀盆さえ持っていなければ今にも踊り出しそうな雰囲気で、マデリーンが頬を赤く染める。

相変わらず明るく、健康的な娘だ。一歳年上ではあるが、いつも兄にべったりだった彼女を、オスカーは昔から妹のように思っている。

「おいおいマディ。わざわざお前がお茶を運んで来なくてもいいんだぞ。メイドに任せればいいだろう」

「まあ、お兄さまったら！　オスカーさまがいらしてるのに、そんなわけにも参りませんわ！　お客さまをもてなすのも女主人の務めですもの」

軽く兄を睨《にら》み付けたマデリーンがテーブルの上へ銀盆を置き、茶器を並べ始めた。

「女主人じゃないだろ。大体、別の客が来ても顔も出さないくせに」

アーサーがぼそっと呟けば、マデリーンがテーブルの下で彼の足を踏みつける。

淑女にあるまじき行為を、オスカーは見て見ぬふりをしてやり過ごした。

そうして紅茶の準備が整ったのだが、なぜかマデリーンはいつまでたっても退室する気配を見せない。

「あー……、マディ？　何で出て行かないんだ？」

困惑したアーサーが問いかけると、彼女は「あら」と顎を上げた。

「せっかく久しぶりにオスカーさまと会えたのに、どうして出て行かなければならないんですの？　さあ、わたくしの事はお気になさらず、どうぞお話を続けてくださいな」

マデリーンは少し離れた場所にある椅子に、ちゃっかりと腰掛ける。

オスカーとしては別に聞かれて困る話ではなかったのだが、アーサーは少々気まずそうだ。わざわざ小声で、居心地悪そうに話を続ける。

「……で、何だっけ。そうそう、女性が喜ぶ贈り物の話だったな」

「女性への贈り物!?」

素っ頓狂な声を上げたのはマデリーンだ。

彼女は椅子をガタッと大きく鳴らしながら立ち上がり、榛色《はしばみいろ》の目を大きく見開きオスカーを見つめている。

一体何をそんなに驚くことがあるのだろうかと啞然《あぜん》としていると、マデリーンがつかつかとオスカーたちのほうへ近づいてきて、テーブルに勢いよく両手を突いた。

「オスカーさまが!? 女性に!? ど、どこのどなたですの？ いつ！ どこで！ 知り合った方ですのっ!?」

「……だからお前には聞かれたくなかったんだよ。ほら落ち着けマディ、話の邪魔をするなら本気で追い出すぞ」

アーサーが酷い二日酔いのような顔で、こめかみを押さえた。

彼は手を振って妹を元いた椅子のほうへいなすと、眉間に皺《しわ》を寄せたままオスカーに視線を戻す。

「妹が騒がしくして悪いな」

「いや、構わないが……。俺が女性へ贈り物をするというのは、それほどまでに意外な話なのか？ まさかマデリーンにまで驚かれるとは」

「お前――」

アーサーがパクパクと口を閉じたり開いたりし、マデリーンをちらっと見やる。しかしやがて何かを諦めるように深い溜息をつくと、話題を元に戻した。

「まあいい。まず、一口に贈り物とは言っても、何でも喜ばれるわけではない。相手の好みやら性格やらでだいぶ左右されるものなんだ。装身具を喜ぶ女性もいるし、帽子やドレスを喜ぶ女性もいる。その中でも、デザインによって好き嫌いがわかれる。あるいは相手の印象で選ぶってのもアリだな」

「そうか……難しいものだな」

オスカーは顎に手をやり、考え込んだ。

確かに、世の貴婦人たちはそれぞれに着飾っているが、いずれも好みの傾向が違うようだ。ある程度流行に合わせてはいるものの、個性というものを大事にしている。

「どこの誰かは言わなくてもいいけど、せめてどんな性格とか、どんな趣味があるのかだけでも教えてくれないか？　それがわかれば、こちらとしてもかなり助かるんだが」

「彼女は——」

言葉を切り、オスカーはリデルの姿を脳裏に思い浮かべた。

アーサーとマデリーンが注目する中、ひとつひとつの単語を噛《か》みしめるように告げる。

「月の……月の光を浴びた、妖精のような女性だ。砂糖菓子のように儚げで、ガラス細工のように危なげで、花びらのように繊細な……。見ていて放っておけないと、つい手を差し伸べたくなるような」

オスカーが口を噤《つぐ》んでも、アーサーたち兄妹は沈黙したままだった。

アーサーはぽかんと口を大きく開き、穴が空きそうなほどまじまじとオスカーを見つめている。

マデリーンはと言えば顔を真っ赤にし、眉を思い切り吊《つ》り上げていた。

ついうっとり語ってしまった自分に気付き、オスカーはたちまち恥ずかしくなる。

気恥ずかしさを誤魔化すため再び口を開こうとしたのだが、その瞬間、マデリーンがまたもや椅子を大きく鳴らして立ち上がった。

ただし今度は、オスカーたちの側へやってきたわけではない。そのまま扉のほうへ向かったかと思えば乱暴に開け放ち、挨拶もなく部屋を後にしたのだった。

激しい音を立てて閉まる扉を見て、オスカーは一体どうしたのだろうと首を傾《かし》げた。いつも朗らかだったはずなのに、久々に会ったマデリーンは何だかとても機嫌が悪そうだ。

「すまない、アーサー。俺はマデリーンに何か失礼なことをしたのだろうか」

「お前……。お前さぁ……。いや、もういい。うん、あいつのことはもう何も気にするな。難しい年頃なんだよ」

呆《あき》れたようなアーサーの態度は何だか釈然としなかったが、兄である彼が気にするなと言っているのなら、そこまで心配せずともいいのだろう。

次に会う時は機嫌が直っていればいいのだが、と考えていると、アーサーがまた口を開いた。

「とにかく、つまりお前の話から想像するに、そのご令嬢というのは大人しくて控えめな女性なんだな？」

「ああ、そうだ。身体が弱くて、寝込むことも多い。あまり外にも出られないらしい。華奢《きゃしゃ》で、肌も透き通るような雪白だ」

「なるほど。……うーん、無難なところで言うなら花を贈るのが一番だな。身体が弱いなら室内で過ごすことが多いだろうし、部屋に花が飾ってあれば気分が明るくなるだろう？」

花か、とオスカーは思案する。王女《プリンシア》は白薔薇が好きだというようなことを、侍女が言っていたはずだ。しかし王女を離宮に送り届けた際、庭にはたくさんの花が咲いていたし、室内の至る所にも新鮮な花が飾られていた。

王女の性格を踏まえれば花でも喜ばないことはないだろうが、もっと別の贈り物を考えたほうがよさそうだ。

それを伝えると、アーサーはしばし沈黙し、それならと別の案を口にした。

「本はどうだ？　本なら室内でも楽しめるし、今、外国の絵本を翻訳したものが貴婦人たちの間で流行《はや》りはじめているらしいぞ。最新作だったら、持っている本と被《かぶ》る心配もないんじゃないか？」

「絵本？　少し子供っぽくないか？　彼女は十四歳だぞ」

「絵本と言っても子供向けのとは違う。文章はきちんと大人向けだし、著名な画家が挿絵を手がけた、芸術品としても楽しめるものらしい。取り扱ってる書店は限られてるが、一度、実物を見に行ってみたらどうだ？」

アーサーが紙にペンを走らせ、書店の名前と住所を書いて渡してくる。ちょうど、帰り道の途中にある店だった。

「早速、今日の帰りに寄ってみる。ありがとう、アーサー。お前のおかげで助かった」

「気にするなって。それより、もし何か進展があったら教えてくれよな」

「そういう関係ではないと言っているだろう。妙な勘違いをするな」

再度念押しし、オスカーは紙を握りしめたまま屋敷を出る。外で待たせていた御者に住所を告げ、そのまままっすぐ書店へ向かった。

そうしてアーサーから教えてもらった書店に到着したのだが、店内は女性客ばかりで、非常に居心地の悪い思いを味わう羽目になった。

女性たちとすれ違うたび、じろじろと無遠慮に視線を送られ、ひそひそと何事かを囁かれる。

この空気の中に長時間居座ることに耐えきれず、オスカーは堪らず店員に声を掛けた。

「すまない、少々伺いたいことが。友人から、こちらの書店に外国の絵本を翻訳したものがあると聞いて――」

「ああ、丁度最新作が入荷されたばかりですよ！」

気のよさそうな老人がすぐさま裏へ引っ込み、新しい本を持ってくる。

革の装丁に白薔薇を抱く竜の絵が施されており、燻銀《いぶしぎん》で作られた透かし彫りの留め金具が付いていた。題名の部分には金の箔打《はくうち》がされており、美しい飾り文字を華やかに彩っている。

『白薔薇姫の涙』

「呪われた王子《プリンストル》を救う、心優しく勇敢なお姫さまの物語ですよ。恋人か奥方への贈り物ですか？きっと喜ばれますね」

オスカーは曖昧に頷くと早速本を購入し、別邸へ持ち帰った。

問題は、本と共に送る手紙の内容だ。

これまで立派な騎士になるため邁進《まいしん》し、ろくに遊びもしたことのないオスカーに、女性へ手紙を送った経験などあるはずがない。領地の作物の取れ高を記録したり、騎士団での報告書を作成するのとは訳が違うのだ。

さりとて手紙の中身まで誰かに相談するわけにもいかず、書いては捨て、捨てては書き直すのを何度も繰り返した。

そうしてできあがった手紙は、かなり素っ気ない内容になった。これでいいのだろうかと心配にもなったが、最初に用意していた『あなたはまるで白い薔薇。あなたの涙は花の雫』という陳腐極まりない手紙よりよほどいいと、開き直ることにした。

オスカーは自身の師であった高名な老騎士の伝手《つて》で、誰にも悟られないよう王女の許へ手紙と本を届けてもらうよう頼んだ。

王女とのやりとりはこれで終わりだ。今度こそ忘れよう。

そうして、日々の鍛錬によって雑念を追い払うことにした。

折しもひと月後に行われる天覧試合にて、オスカーは師の推薦により、馬上槍《やり》の一騎討ちを披露することになっている。王の前で無様な姿を見せるわけにはいかないという自尊心が、ほんのひとき、王女への淡い恋心を忘れさせてくれるだろう。

――しかしそんな自身の期待が、いかに浅はかなものであったかというのを、オスカーはすぐに思い知ることとなった。

初めて臨んだ天覧試合。貴賓席から会場を見下ろす王族たちの中にリデル王女《プリンシア・リデル》の姿を見つけ、オスカーは動揺のあまり落馬しそうになった。

幸いにして踏みとどまり、その後の試合も何とか勝ち進み優勝したが、王からの栄誉ある褒め言葉もまったく頭に入ってこない始末だった。

しかも王女はその後も、オスカーが試合や擬戦に出場するたび、ひっそりと顔を出した。

地味な服装で侍女と共に観衆に紛れていたが、見逃すはずがない。

白い肌を微かに紅潮させ、目をキラキラさせながら試合を観戦していた王女。

オスカーが勝つたび嬉しそうに破顔し、目が合えば、見つかったことを恥じながらも控えめに手を振ってくれた。

いつの間にかオスカーの目は自然と、彼女の姿を探すようになっていた。大勢の人々の中にあの美しい瑠璃色の瞳を見つけるたび、広い海の中から真珠を拾い上げたような気持ちにさせられた。

この頃になると、もうオスカーにはわかっていた。

自分は、一生王女のことを忘れられない。忘れられるはずがない。

想いは日に日に、自身の手に負えないほどに強く大きく成長していった。

王女を自分の妻にしたいという、罪深いほど恥知らずな願いに。

§

リデルを妻にと乞い願ったのは、オスカーだった。

彼女が誰かのものになるより早くと、焦燥を抱えたまま王へ嘆願したのだ。

『畏れ多くも陛下に願います。末の王女殿下を娶る許可を、どうぞ私へお与えいただけないでしょうか』

突然謁見を願い出て唐突にそんなことを言い出した無礼者を前に、王も王妃《クィニア》も呆気《あっけ》にとられていた。当然の反応だ。

リデルはその時まだ十四歳であったし、オスカーもまだ伯爵位を継いでいない一介の騎士に過ぎなかったのだから。

しかし、次期アッシェン領主の願いを王が無下に扱うわけにもいかないことは、織り込み済みだった。

期待していたとおり、王は条件付きで、オスカーの願いを聞き入れた。

『一年以内に、オルディア山脈における異民族との紛争を収めること』

この紛争は元々、山に住む異民族たちが人里へ降りてきては、暴力や略奪を繰り返していたことが原因で始まったものだった。

多くの村人が殺され、物品を強奪され、大勢の若い女性が攫《さら》われていった。

紛争が起こってから既に二年半が経過していたものの、元々山の民であり地の利があった異民族に対し、王の騎士たちは木々が生い茂り岩肌の露出した山の地形に慣れていない。

一対一ならともかく、切り立った崖の上方から大岩を落とされ一斉射撃されれば、騎士たちはなすすべもなかった。ましてや雨の多い地域、馬で移動する上で、泥濘《ぬかるみ》にはまればひとたまりもない。

異民族の足止めや気候によって騎士たちの歩みは遅々として進まず、戦況は一向に改善の兆しを見せないまま長引いている。芳しい報告が得られないことで、これまで王命により指揮官が何度か入れ替わったが、同じ事だった。

オスカーはすぐさまアッシェンの騎士を引き連れ、指揮官補佐として王の命令を遂行せんと動いた。

誰もが、十六歳の若造がなんの役にたつと、高を括《くく》っていただろう。

しかしオスカーが住んでいたアッシェンは、国内で唯一の紅茶の産地――つまり広大な高地を有している。オスカーは平野で生まれ育った他の騎士たちと違いかなり山慣れしており、地理学についても明るい。もちろんそれは、同行したアッシェンの騎士たちも同じ事だ。

幸いにして、当時の指揮官はかなり頭の柔らかい人間で、オスカーのような若輩者の意見にも耳を貸してくれた。

柔軟な指揮官に恵まれたおかげで、オスカーはぞんぶんに実力を発揮し、これまでの指揮官が考えつきもしないような作戦を展開していった。

紛争は王の命令通り、一年以内に収束を迎えた。その頃になれば周囲のオスカーを見る目も変わる。

戦場においても決して取り乱すことなく冷静に状況を見極め、ぞっとするほどの勇猛さで敵をなぎ倒す。そんなオスカーを、誰もが『氷の騎士』と親しみを込めて呼ぶようになっていた。

元々は王都で、珍しい冬色の瞳を見た貴婦人たちが付けた愛称だったが、そんな使われ方をされるとは思わなかったとオスカーは苦笑した。

王都に戻った時、オスカーは十七歳になっていた。

これで本当にリデルを妻にできるのだろうか。そんな不安を抱えたまま謁見に臨んだものだから、正式に結婚を認める言葉を賜った時は、涙が出そうなほど嬉しかった。

それから一年が経ち、ようやくリデルと共に司祭の前で誓いの言葉を述べることができ、オスカーは感無量だった。

幸福な時も困難な時も共に助け合い、互いを愛すると述べた、神への誓いだけではない。

一生大切にし、誰よりも近くで彼女の笑顔を守り抜くと、自分の心に誓った。

本気で、そう思っていたのだ。

それなのに、オスカーは間違えた。誰よりリデルを不幸にしてしまった。彼女から笑顔を奪い、その命すら守れなかった。

どんなに後悔してもしきれない。

まだたった十七歳だったリデルの未来が閉ざされたのは、自分のせいだ。

十九歳の愚かなオスカーは、妻を喪った日から一歩も動けず絶望の中に佇んでいた。

あれから十二年が経ち、三十一歳となった今でも。

§

朝の食卓で焼きたてのパンを千切りながら、オスカーはそっと、向かいの席に目をやった。

正確に言えば、真正面にある席の、そのまた隣に座る愛娘《まなむすめ》へ。

父から送られる視線に気付いていないはずはないだろうに、エミリアは顔を上げもせず、ブスッとした表情でにんじんのスープを飲んでいた。

今朝、初めて顔を合わせた時からエミリアはこんな調子だ。

一応朝の挨拶こそ交わしたものの、それはぞんざいかつおざなりという、非常に素っ気ないものだった。

愛想も小想もない声で挨拶を口にしたエミリアは、そのままぷいっと顔を背け、以降ずっとこのような態度をとり続けている。

「あー……、エミリー？　昨日の夜会はどうだった。楽しく過ごせたか？」

「もちろん。お父さまもいない中、お客さまたちの長ったらしく中身のない有意義なご挨拶を、たくさん、たくさん聞いたわ。そう、わたしひとりでね。とても楽しかったわ。あくびが出るくらい」

ポロ、とオスカーの手から千切ったばかりのパンが落下する。幸いにして落ちた先は綺麗な皿の上だったが、オスカーはご機嫌斜めな娘の雰囲気に気圧《けお》されるあまり、拾うことすら忘れてしまった。

刺々《とげとげ》しい返事にしばらく言葉を紡げないオスカーであったが、背後に控えている給仕メイドの心配そうな視線を受け、ハッと我に返る。

咳払《せきばら》いを何度か繰り返し、気を取り直してもう一度娘へ話しかけた。

「今朝、お前へ贈られた品物を見てきたぞ。あんなにたくさんいただいて、お前も嬉しかっただろう」

「ええ、とっても。皆さん毎年、わたしのためにあんな素敵な贈り物をくださって。可愛いぬいぐるみや宝石箱、流行のリボンもあったわ。お父さまからは何もいただけなかったけど」

ガシャン、と今度はフォークが床へ落ちた。動揺したオスカーの肘がぶつかったのだ。

メイドが慌てて床へしゃがみ、新しい物と取り替える。

「あ、ああ……すまない」

オスカーは意味もなく口元を拭い、水で喉を湿らせた。まだ何も口にしていないというのに、喉が酷く渇いていた。

「エミリー、お父さまからはちゃんと新しい教科書を贈っただろう、王都の貴族たちの間でも評判の、有名な学者が書いたもので――」

「あら、あれが贈り物だったの？　あまりにもためになる実用的な品物だったから、てっきり違うのかと。ごめんなさい、お父さま」

反省の気持ちなど微塵《みじん》も感じられない声と表情で、エミリアがツンケンと謝罪の言葉を口にする。

嬉しくない、という態度を前面に押し出しながら。

ぐっ、とオスカーは言葉に詰まった。

父親として、本来ならここで娘の無礼な振る舞いを叱らなければならないのだろう。いくら贈り物の内容が気にくわないからと言って、彼女の嫌味な態度は貴族令嬢としても、また娘としても相応しくない。

しかしオスカーはどうしても、エミリアには弱くなってしまう。娘がどんな我儘《わがまま》を言っても強く言い返せず、最終的には折れてしまうのだ。

「……エミリー。私からの贈り物が不満だったのなら、何でも欲しい物を買ってやると前にも言っておいただろう？　ドレスでも宝石でも新しい馬でもいいから、と」

甘やかしている自覚はあったが、オスカーは娘から言われた物は何でも買い与えてしまう。

家庭教師いわく、それでエミリアが我儘放題の傍若無人な性格にならなかったのは奇跡だとのことだ。

娘は確かに我儘なところもあるが、それは年相応のもので、同じ年頃の子供と比べて特別際立っているわけでもない。少なくともオスカーの考えはそうだ。

「覚えているわ。そしてお父さま、わたしは言ったわよね。お友達が欲しいって」

「ああ、だからお前の友人としてエヴァンズ男爵夫人《ブレナ・エヴァンズ》の娘たちを――」

「男爵夫人《ブレナ》の娘！　あの子たち、まだ三歳じゃない！　そんなのお友達って言わないわ」

オスカーは眉を下げた。

確かに、娘の家庭教師であるエヴァンズ男爵夫人の娘――双子の姉妹たちは、まだ三歳だ。十二歳のエミリアと意思疎通を図るには、かなり時間がかかりそうである。

「使用人の子供たちとも自由に遊んでいいと言っただろう」

「何を聞いても〝はい〟か〝いいえ〟しか言わない相手を、お父さまはお友達って呼ぶの？」

「それは……いや、そうだが、しかし……」

娘の言うことには一理も二理もある。

オスカーの目から見ても、使用人の子供たちは皆、エミリアに対して一線を引いて接していた。もちろん親からきつく言い聞かされているのだろうが、あれでは友人とは呼べない。

それだけに、オスカーは咄嗟《とっさ》に反論もできず、口中でもごもごと独り言を呟くことしかできない。

「あのねお父さま。わたし、お友達は自分で決めたいの。お友達って自然とできるもので、誰かから〝はいどうぞ〟って差し出されて作るものじゃないでしょう？」

「そう、だが……」

「でもお父さまは、どこかの誰かと交流するわけでもないし、わたしがお城から出るのも嫌う。これでどうやってお友達を作れって言うの？」

勢いに圧倒され、完全に無言になったオスカーへのエミリアの追撃は、なお止まない。

この部分は一体誰に似たのか。元々口達者な彼女は、自分の有利を見て取ると、ここぞとばかりに攻勢へ回るのだ。

「でも昨日は、ちょっとだけ期待していたの。だってお父さまが、夜会に来た人とならお友達になってもいいって言ってくれたんだもの。それなのに昨日、ちょっと目を離した隙に、どこかの誰かさんがわたしの大切なお友達を追い出してしまったのよ」

やたら力の込もった「どこかの誰かさん」という言葉は、エミリアがその人物の正体に気付いている証拠である。現に彼女は、猫のような目に不機嫌な色を滲ませ、オスカーをじっと見つめているのだから。

娘の怒っていた理由はやはりそれだったのか、とオスカーは納得した。

客人は自主的に家へ帰った、と説明するよう侍女たちには指示していたが、その内の誰かがエミリアの耳に噂話を入れてしまったのだろう。

一晩明けた今日、『伯爵《アルト》をひっぱたいた女性』の噂は、既に城中を二周も三周も駆け巡っていたのだから。

しかしどんなにエミリアが立腹しようが、オスカーもこればかりは譲歩するわけにもいかない。

「お前が言っているのは、ジュリエットというおん……女性のことだろう」

「そうよ。具合が悪くて泣いていたのに無理矢理追い出されてしまった、可哀想なジュリエット」

「……っ。エミリー、お前に黙って彼女を帰したのは悪かった。だが……」

オスカーは一旦言葉を切り、給仕メイドに外すよう視線で告げる。

彼女が出て行ったのを確かめ、声を少々潜めて話を続けた。

「皆には黙っていたが、ジュリエットは身分と名前を偽って夜会へやって来たんだ。怪しいと思ったから帰しただけの話だ」

そう、オスカーは間違っていない。エミリアを守るために必要な行動をとっただけだ。

そもそも身分詐称をする方が悪いのではないか。警戒した城主が危険分子を排除するため動くのは悪いことでも何でもない。呑気《のんき》に日和《ひよ》っていては、守るものも守れないからだ。

昨晩口にした通り、騎士団で尋問しないだけでもありがたく思ってほしいくらいである。

その上オスカーはジュリエットの名誉を守るため、彼女の件について周囲に話すことは差し控えた。知っているのはエミリアと、あの場にいた正騎士《キャヴァリス》、そしてオスカーの三人だけだ。

むしろ寛大だと賞賛されるべきではないか。責められるいわれはどこにもないはず。

それなのになぜか、昨晩からずっと、心のどこかに小さな棘《とげ》が引っかかっているような奇妙な違和感が拭えない。

とはいえエミリアを説得するのとはまた無関係なことであるようにも思え、オスカーはひとまずその違和感を無視し、娘との会話に専念することにした。

「嘘《うそ》をつくのは悪いことだ。それにこれまで私に近づくため、何人もの女性がそういう手段で城へ侵入したのは、お前も知っているはずだろう？」

「知っているわ。最近で言うと、男性のふりをしてお父さまの従僕になろうとした子爵令嬢《ディエラ・ヴィアルト》がいたわよね？　もちろんあの女性たちのことは大っ嫌いよ。でも、ジュリエットは全然違う。嘘をついたのだって、きっと何か理由があったのよ。人を見る目のないお父さまにはわからないみたいだけど」

昨日初めて出会った相手の一体何がわかる、と返したいのをオスカーはぐっと堪《こら》えた。

エミリアはまだ子供で、世間知らずだ。

『一流の詐欺師は世界で最も立派な人間に見える』という言葉があるくらい、人間を見た目で判断するのは非常に危険なのだ。

あのジュリエットという少女だって、一見礼儀正しく品のある令嬢に見えたが、腹の中は真っ黒かもしれないではないか。

エミリアは大人びていて年齢よりもしっかりして見えるが、自身の考えが絶対だと思っているあたり、まだまだ精神的にも幼い。未熟で、親の助けが必要な時期である。

更に言えば、オスカーに似て非常に頑固で自分を曲げないところがある。頭ごなしに自身の考えを否定されたところで、意見を聞き入れるとは思えない。

だからオスカーはあまり彼女を刺激しないよう、静かに懇々と諭すことに徹する。

「エミリーの、他者を信じようとする素直な気持ちは本当に立派だ。だが、時には疑うことも大事だと普段から教えているはずだ。それに、親には子を守るという大事な役目がある。少しでも怪しい人間がいれば、我が子が危険な目に遭う前に遠ざける。それが父親としての義務だとわかってくれるだろう？」

「だったら、毎年お誕生日の夜会のたびにわたしをひとりで置き去りにするのも、父親としての役目？　わたしを守るという義務はどこにいったの？」

「それは……。もちろんお前に危険が及ばないよう、いつも周囲にたくさんの護衛や侍女たちを置いているだろう。いいかエミリー、お父さまはお前のためを思って――」

ガタン、とエミリアが椅子を鳴らして立ち上がる。

これまでツンと冷たく取り繕っていた彼女の顔に、初めて表情らしいものが浮かんでいた。怒りと、悔しさだ。

「お父さまはいつもそう！　お前のため、お前のためって口では言いながら、わたしのことなんてちっとも考えてくれないんだわ！」

「エミ――」

「もういい！　お父さまなんて知らない！　ごちそうさまでした！」

膝に敷いていたテーブルナプキンを乱暴に食卓の上に叩きつけ、エミリアは大きな足音を立てながら扉の外に出て行き、食堂を後にした。

開いた扉の隙間から、廊下に控えていた給仕メイドが慌ててその後を追いかけていくのが見える。

室内にはオスカーだけがひとりぽつんと取り残され、扉がバタンと閉まる音がやけに大きく鳴り響いた。

すっかり硬くなったパンを見下ろし、オスカーは小さく溜息をつく。

いつもこうだ。娘と言い合いになると、大体こんな風にこじれて終わる。

オスカーはオスカーなりに一生懸命なのだが――、上手くやっているとは到底言えない。

「……貴女は、こんな俺を見てどう思うのだろうな」

服の下から懐中時計を取り出し、オスカーは呟いた。

リデルなら、もっと上手に接していたことだろう。親として優しく娘を導き、深い信頼関係を築いて。

母親から娘を奪い、娘から母親を永遠に奪ったオスカーが、そんなことを考える資格なんてない。

それなのに娘と衝突するたび、こんな時リデルならどうしていただろうと想像してしまう。

「俺は、弱いな……」

罪悪感から娘とまともに向き合うことすらできず、いつまでも過去の幻影に縋《すが》っている。

自ら手放した幸福を、決して手に入らない未来を、今更になって追い求める愚かな男。

それが、かつて『氷の騎士』と呼ばれた男の末路だとは、誰が想像していただろう。

§

「お父さまのばか！　ばか！　わからずや！」

寝台に突っ伏し、枕に顔を埋《うず》めてじたばた暴れながら、エミリアはやり場のない父への怒りを悪口に変える。

「わたしはただ、ジュリエットと一緒に朝ご飯を食べたかっただけなのにっ！　石頭！　鉄面皮！けちんぼ!!」

「……お嬢さま、そう仰《おつしや》らず。きっとご主人さまにも、何か深いお考えがあってのことなのですよ」

「深いお考えって何よ！　具合の悪いジュリエットを追い出すことなの!?」

心配して追いかけてきてくれたメイドをキッと睨みつけ、エミリアは寝台から身を起こしつつ語気も荒く問いかける。

すると、まあまあと言わんばかりの苦笑いが返ってきた。『お嬢さま』の起こす癇癪《かんしゃく》には、すっかり慣れきっているといった表情だ。

「そのジュリエットさんと仰る方は、お具合が悪かったのでしょう？　ご主人さまは、ジュリエットさんを早くご自宅へ帰して差し上げようと思ったのではないでしょうか。そうです、きっと思いやりからくる行動で――」

「ロージー……」

能天気なメイドの言葉に、エミリアは目を眇《すが》めて嘆息した。

ロージーの、田舎出身らしいおおらかで柔和な性格はエミリアも大好きだ。侍女たちのように変にかしこまることもなく、この城の中でエミリアが気負わず話せる、数少ない人間のうちのひとりでもある。

しかし、彼女がもし本気でそんなことを思っているのだとしたら、少々お人好《ひとよ》しが過ぎる。

「ロージーだって噂を知ってるでしょ？　ジュリエットはお父さまを叩いたのよ。きっとお父さまが、何かとんでもなく失礼なことをしてしまったんだわ」

他人が聞いたら、実の父に対してなんと信用のない発言をするのかと驚くことだろう。普通、初対面の女性が家族を叩いたという噂を耳にすれば、まず真っ先に身内を心配するのが一般的な反応なのだから。

しかしエミリアは基本的に、対人能力という点において、父のことをまったく信用していなかった。

ジュリエットが身分や名前を偽っていたと聞き、正直驚きはした。だが、もしエミリアが父の立場であったら、どうしてそのようなことをしたのかとまず理由を聞くはずだ。

けれど父はジュリエットの言い分も聞かず、頭ごなしに批判したのだろう。

あの父のことだ。財産狙いだとか強欲な女だとか、相当な無礼な言葉をぶつけたに違いない。

――ジュリエットが嘘をついていたことを、わたし以外に話していないのは評価するべきなんだろうけど……。

それでも、エミリアに何の相談もなくジュリエットを追い出してしまったことは、到底赦しがたい横暴さだ。

またふつふつと怒りが湧いてきて、ぷっくり頬を膨らませると、ロージーが慌てて口を開く。

「そ、そうとは限りませんわ。もしかしたらジュリエットさんが、酔った勢いでご主人さまを叩いてしまったのかもしれませんし……。ほ、ほら、お酒を飲んだら乱暴になるって方は、結構多いそうですよ！」

そう言う彼女の目は、不自然に泳いでいた。

――やっぱりロージーも、わたしと同じ意見なんじゃない。

雇い主を庇《かば》おうという心意気は立派だが、わかりやすすぎる態度に少々呆れてしまう。

ロージーのような性格の人間は本来、メイドになるにはあまり向いていない。階下の者というのは極力『私《し》』を出さず、雇い主の前では影のような存在でいなければならないからだ。

いっぽうロージーはと言えば、動揺すればすぐ態度に出るし、迂闊《うかつ》な発言をすることもままある。メイド頭の叱責も頻繁に受けており、給仕メイドとして採用されたのはひとえに顔がいいから、などと仲間内で揶揄《やゆ》されるくらいだ。

もちろんこれは給仕メイドの主な仕事が接客であるがゆえの冗談話で、本当の採用理由は、ロージーの明るい性格が評価されたからだとエミリアは知っている。

しかし、こうした愚直なほどの素直さを見ていると、顔がどうこうという意見も、あながち間違っていないのではないかとさえ思えてくる。

「ロージーったら、本当に嘘が下手ね。別にいいのよ？　ここにはわたししかいないんだし、わざわざお父さまを庇おうとしなくても」

「わ、わたしはそのようなつもりでは」

「お父さまはね、人付き合いが苦手――ううん、きっと他人に興味がないの。だから社交の場にも一切お顔を出さないし、お友達もいないのよ」

子供であるエミリアの目から見ても、父はいつも、どこか冷ややかに世の中を俯瞰《ふかん》しているように感じられる。

積極的に他人に関わろうとはしないし、自分の領域に踏み込まれることを極端に嫌う。

凍《い》てつくような眼差しと、何者をも拒絶するような雰囲気から『死体のほうがまだ温かみがある』などと噂されるくらいだ。

かと言って、人間不信に多いとされる自己愛が強い性格とも思えないのだが。

「そういえば、お父さまってお若い頃は〝氷の騎士〟って呼ばれていたのよね？」

「え、は、はい。わたしも詳しいことは存じ上げませんが、確か貴婦人たちが、ご主人さまの美しい目の色を賞賛して付けた愛称だとか」

「そう。それが今や〝氷漬けの心を持っている〟なんて理由で〝氷の伯爵《アルト》〟よ」

『騎士』が『伯爵』に変わっただけでも、込められた意味はまったく違う。前者は褒め言葉だが、後者はむしろ蔑称だ。

父親がそんな風に呼ばれて、喜ぶ子供はそう多くはいないだろう。

「氷漬けの心ね……」

父が芯から冷徹な人間でないことは、娘のエミリアが一番よくわかっている。

怪我《けが》をしたと聞けば顔色を変えて駆けつけてくれるし、どうしても城を出なければならない際は、過保護なほど護衛を付けてくれる。

エミリアが高熱を出した際など、ひと晩中側にいて看病をしてくれたくらいだ。大半の貴族は、そういった事は使用人に任せきりだというのに。

だから、父がエミリアを愛しているという認識は、きっと間違っていない。

だけど。

――お父さまがいつもどこか遠くを見つめていて、その内いなくなってしまうような気がするのよね……。

それは父がエミリアのすぐ側にいて、目を合わせて話している時でさえ感じること。

傍《はた》から見ればまったく気付かないほどの違和感を、エミリアはもっと幼い頃から、肌で敏感に感じ取っていた。

もしかしたら父は、人間不信だとか人間嫌いだというのではなく、この世の全てをどうでもいいと思っているのではないだろうか。

なぜならエミリアは、知っている。母の肖像画を見つめている時、父がどんな顔をしているのか。何度も何度も見てきた。

どこか切なげで、苦しげで、それでも溢《あふ》れるほどの愛情に満ちた、父の温かい眼差し。

なぜそんなに悲しそうな顔をするのか、理由を聞いたことは今まで一度もない。気になってはいたが、それを口にするのはいけないことだと、子供心に察していたからだ。

以前、どうして自分には母がいないのかと聞いた時、父は酷く狼狽《ろうばい》し、何度も何度も謝っていた。

十二歳にもなると、漏れ聞こえてくる噂から、生前の母が父と不仲であったらしいことはなんとなく察せられた。

だからエミリアは、あれが自分への謝罪だったのか、あるいは母への謝罪だったのか、いまだに判断できないでいる。

けれど、亡き妻を見てあんな顔をする人の心が、氷漬けでなどあるはずがない。

父はきっと、冷徹に見える表情の奥に、激しい情熱を持った人なのだ。

とはいえ、それと今回の件とは別問題である。

「ねえ、ロージー。抗議の気持ちを伝えるのに一番効果的な方法は何かしら」

「抗議の気持ち、ですか？　うーん、そうですねぇ」

ロージーが顎に手を当て、考え込む。そうしてしばらく沈黙した後、ぽんと手を打ち鳴らした。

「わたしの出身地での話なのですが、牧場主の出す賃金に不満のある牧童たちが、しょっちゅう職場放棄していましたね」

「職場放棄？」

「簡単に言えば、雇い主へ不満を訴えるため、一時的に仕事を投げ出すことです。働き手が仕事をしてくれないと雇い主は困るでしょう？　そうすると働き手を連れ戻すため、雇い主は嫌でも賃金を上げなければならなくなるんです」

なるほどそういうことか、とエミリアは納得する。

働き手も仕事をしなければ生活していけない以上、毎回その手段で上手くいくとは限らないだろう。だが今のエミリアにとっては、中々に有効な手段だと思えた。

「……決めたわ、ロージー」

「えっ？　何をですか？」

寝台から降りてすっくと立ち上がったエミリアは、ロージーと向かい合う。

我ながらいい案が浮かんだものだと嬉しくなり、口元が弧を描いた。

怪訝《けげん》そうな顔をしているロージーに、エミリアはにっこり笑いかける。そして、力強く拳を握りしめながら、宣言したのだった。

「わたしも職場放棄――ううん、お勉強放棄するの！」

自分が勉強をしなければ、父にとっては大打撃のはず。きっと反省し、どうすれば娘の怒りが解けるだろうかと悩むに違いない。

深い後悔に苛まれ、救いを求める父に、そこでエミリアがこう言ってやるのである。

『ジュリエットをお城へ呼んで、謝ってちょうだい。そうしたら赦してあげる』

我ながらいい考えだ、とエミリアは思った。

そうしたらジュリエットとも改めて友人関係を結べるし、父も少しは他者、特に女性への態度を改めるかもしれない。

エミリアとて、何も父の気持ちが理解できないわけではないのだ。

これまでの経緯を考えれば、女性を警戒するのは無理からぬ話であるとは思う。しかし、最初から財産狙いと決めてかかるのはいかがなものか、という疑問も常々抱いていた。

これは父の考えを変える、よい機会なのかもしれない。

「どう、ロージー？　あなたもいい作戦だと思うでしょ？」

『まあ、お嬢さま。素晴らしい作戦です！』

……賞賛の拍手と共にそんな返事を期待していたエミリアだったが、ロージーの反応は期待していたものとはまったく違った。

彼女は口をぽかんと開けたまま明るい茶色の目を瞠《みは》り、まじまじとエミリアを見つめるばかりだったのである。

「ちょっと、どうしたの？　子猫が棚から落ちたみたいな顔して」

自信満々だっただけに、エミリアにはロージーの表情の意味がわからない。

「子猫……？　可愛い顔って意味ですか？」

「違うわ、慣用句よ！　思いがけない出来事にきょとんとしている様子を表す言葉」

「まあ、お嬢さまは賢いのですねぇ」

「……十歳の子でも知ってるわよ？」

平民が文字を書けなかった時代も今は昔。各地の領主が王の命令に従って教育政策に力を入れてきたおかげもあり、エフィランテ王国の識字率はここ十年で倍に跳ね上がっているそうだ。

「もう、そんなことはどうでもいいのよ。大事なのはわたしの作戦よ。どう思う？」

ロージーが困ったように眉を下げた。

「お嬢さま、少々言いづらいのですが――」

「なぁに？」

「恐らく、その方法ではご主人さまへ打撃は与えられないかと……」

その言葉は、エミリアに打撃を与えた。

「ど、どうして!?　もしわたしが社交界デビューした時に、教養も礼儀作法も身についていないって陰口を叩かれたら、お父さまだって恥を掻くはずよ！」

心の底から自身の考えを名案だと信じ切っていたエミリアは、ムキになってロージーへ反論した。

しかし年齢が六つも上なだけあって、ロージーのほうが少しだけ冷静に、物事を正確に捉える事ができていたようだ。

「陰口を叩かれれば確かにご主人さまは恥を掻かれますが、それ以上にお嬢さまのほうが大変恥ずかしい思いをなさるかと」

「あ」

エミリアは小さく声を上げ、口元を押さえた。

確かにロージーの言う通り、教養のない令嬢と呼ばれて一番恥を掻くのはエミリア本人である。父に打撃を与えようとばかり考えて、自分のことはすっかり失念していた。

そんなエミリアに、ロージーは更に言葉を続ける。

「それにお嬢さまは今でも、あまりお勉強熱心とは言えませんし……」

「うっ……。ダ、ダンスとお歌の授業は頑張っているわ」

「それは別にしても、お嬢さまが社交界デビューなさるのは今から五年後です。ご主人さまを説得するために五年もかけるのは、現実的ではありません」

「そ、それもそうね……。でも、それならロージーは？　もしあなたがわたしの立場だったら、どういう風に抗議するの？」

自他共に認める口達者なエミリアだが、父が本気で説得しようとすれば、間違いなく言い負ける。壁を殴ったり、声を荒らげたりするわけではない。

ただ淡々と、無表情で諭す。その静かな怒りが、エミリアにとってはこの世で一番恐ろしいのだ。

口論で勝てないのなら、態度で怒りを表明するしかない。

勉強を放棄する以外に、何かいい方法がないものだろうか。

するとロージーが、思いも寄らぬ案を口にした。

「わたしなら、立てこもり作戦を実施します」

「立てこもり？」

「はい！　お部屋に閉じこもったまま扉の鍵を閉めて、そのまま一歩も外へ出ないんです。お嬢さまがお勉強なさらないよりも、顔を見られないことのほうが、ご主人さまにとってはずっとずっとお辛《つら》いと思いますよ！」

ロージーにしてみれば、それは単に『聞かれたから答えた』というだけの、ほんの軽い気持ちだったのだろう。

しかし彼女がもし、もうほんの少しだけでも思慮深ければ。エミリアのような性格をした人間の前で、決してそのような迂闊な真似《まね》はしなかったに違いない。

すなわち、無駄に行動力のある相手に無責任な助言を与えるような真似である。

「ありがとう、ロージー！　最高の作戦だわ」

「はい、どういたしまして！――って、え？　あの、お嬢さま!?」

「あなたのおかげで上手くいきそう！」

「わ、わたし、何もそんなつもりで……。お嬢さま！」

エミリアの言葉をよく咀嚼《そしゃく》もせず反射的に返事をしたロージーが、遅れて自身の失言に気付いたらしい。焦ったように打ち消そうとするが、もう遅い。

「そうと決まれば、早速、今から立てこもることにするわね。もちろん協力してくれるわよね？」

「で、ですがお嬢さま」

「協力してくれるわよね？」

もう一度同じ言葉を繰り返せば、ロージーが追い詰められたように頷《うなず》く。

よし、とエミリアは小さく拳を握りしめた。

ひとまずは立てこもっている期間、どのように食料を調達するか、どうやって暇つぶしするかなどを考えなければ。

それはいかにも世間知らずの貴族令嬢らしい、無邪気で能天気な思考回路であった。

しかし幼いエミリアが自分でその事実に気付けるはずもない。この時のエミリアは、ただ父を「ぎゃふん」と言わせる計画に胸ときめかせ、立てこもりという非日常的な出来事にワクワクするばかりだった。

――エミリアが己の考えの甘さに気付いたのはその日の晩。

怒りの表情の侍女長が、項垂《うなだ》れたロージーを連れて部屋へやってきた時のことだった。

§

「お嬢さま、これは一体どういうことなのですか」

部屋に入ってくるなり、侍女長は眦《まなじり》を吊り上げたままエミリアを見据えた。

よりにもよって一番面倒な人がやってきた、と内心で焦りながら、エミリアはよく確認もせず扉を開けた自分の迂闊さを呪った。

立てこもり期間中、食事の用意や清掃などはロージーに任せることにし、他の人間は誰であろうと決して部屋に入れないつもりでいたのだ。

けれど外から聞こえてきたロージーの声に、夕食を運んできてくれたのだと思い、つい警戒を怠ってしまったのである。

「お嬢さまがいつまで経っても夕食の席に現れないと、ご主人さまが心配しておられました。ロージーから聞きましたよ。お部屋に立てこもるなんて、どういうおつもりですか？」

「お、お父さまが悪いのよ。お父さまがわたしのお友達に失礼なことをするから……」

厳しげな口調で問い詰められ、ついつい語尾が小さくなってしまう。

母が嫁ぐ際、王都から共に連れてきたという三十がらみの侍女長を、エミリアは心から信頼している。しかしその厳格さだけは、少々苦手に感じていた。

「ミ、ミーナさま。お嬢さまはただ――」

「あなたには聞いていません」

エミリアを助けるため果敢にも口を挟んだロージーだったが、とりつく島もなく窘《たしな》められる。

押し黙ったロージーをひと睨みし、侍女長――ミーナの目が、改めてエミリアへ向けられた。

「ロージーがお嬢さまに妙な入れ知恵をしたそうですわね。まったく、カーソンさんはメイドにどんな教育をしているのでしょう」

はぁ、と呆れたような溜息が落ちる。

侍女の長であるミーナと、メイドを統率する立場のカーソンは、あまり仲がよくない。

侍女という立場が使用人の中でも特殊なもので、他の使用人から敬われる存在であることも影響しているようだ。

だから皆、ミーナのことを呼ぶ際は『ディエラ・ミーナ』と淑女のための敬称を用いるのである。

元王女《プリンシア》に仕えていたのだという矜持もあって、反目し合っているのではないか……と、エミリアは睨んでいる。

けれどまさか、自分が軽い気持ちで行ったことによって、より対立を煽《あお》るようなことになるとは思ってもみなかった。

自分のせいでロージーやカーソンが悪く思われるなんてと、エミリアは慌てて否定する。

「ロ、ロージーもカーソンさんも悪くないわ！　元々、わたしがひとりで決めていたことなのよ。お父さまに行動で抗議して、反省してもらおうって」

「それでお部屋に立てこもっている間、ロージーに身の回りの世話をさせるおつもりだったと？　ロージーは給仕メイドです。お嬢さまのお世話に手を取られ、本来の仕事に支障を来すとはお考えにならなかったのですか？」

「あのぅ、ミーナさま《ディエラ・ミーナ》……。わたしは別にそのくらい――」

「私はお嬢さまとお話しをしているのですよ」

再びぴしゃりと窘められ、ロージーはあからさまにしゅんと肩を落としていた。

それを見て、エミリアはようやく己の浅はかさを思い知る。自身の安易な行動が他人に迷惑をかけ、このような事態を招いたのだと、今更ながら気付かされた。

ロージーとカーソンへの批判はともかく、エミリアに対する意見としては、ミーナは何ひとつ間違ったことを言っていない。

「……ごめんなさい、ミーナ。わたしが間違っていたわ。周りの人を巻き込むなんて、淑女として相応しくない行動だった」

「ええ、そうですわね」

素直に謝ればミーナの目尻が僅かに下がり、口調も柔らかくなる。

彼女は腰を落として視線を合わせると、そっとエミリアの両手を取り、握りしめた。

「お嬢さまのお母さま――リデルさまは、優しく思いやりのある素晴らしい方でした。私はお嬢さまにも、お母さまの名に恥じない立派な貴婦人になっていただきたいのですよ」

「わかっているわ。本当にごめんなさい……」

母の名を出されると己の未熟さをますます痛感し、目にじんわり涙が浮かんでしまう。

するとミーナがエプロンからハンカチを取り出し、濡れた目元を押さえるように丁寧に拭ってくれた。

「お嬢さま。お嬢さまが本当はとても思いやり深い方だということは、私もよく存じております。元々お嬢さまがこのようなことをなさったのは、ご友人のためだったのでしょう？」

「ええ……。でも、わたしは自分のことばかりで……」

「人間はどんなに正しくあろうとしても、必ず間違える生き物です。一番大事なのは過ちを反省し、正そうとする心を持つこと。ロージーとカーソンさんを庇おうとしたお嬢さまには、きっとそう難しくはないはずです」

そうでしょう、と問いかけるような視線に、エミリアはますます泣きそうになってしまう。

涙を堪えるように唇を噛み、何度も頷けば、ミーナの顔からようやく険しさが消え去る。それはとても微かな変化であったが、エミリアには、ミーナがもうすっかり怒りを解いたことがわかっていた。

「――ロージー、あなたはもう行きなさい。今回はお嬢さまに免じて見逃しましょう」

エミリアが落ち着くのを待って、ミーナがロージーへ退室を促す。

ロージーは逡巡《しゅんじゅん》していたが、一介のメイドが侍女長の命令に背けるはずもなく、心配そうな表情のまま部屋を出て行った。

扉が閉まるのを確認し、ミーナがエミリアの手を引いて長椅子へ座らせる。

「お嬢さま。三日だけでよろしければ、私ども侍女たちがご助力いたしますわ」

「え？　三日って、何が？」

「私たちはお嬢さまへお仕えする身です。できる限りお力になり、お嬢さまが立派な貴婦人となる助けになりたいと思っております。そして今回、お嬢さまがご友人のために働きかけたこと自体は間違っていない、と私は思っております」

ミーナの言葉が信じられず、エミリアはしばし、ぽかんとしてしまう。恐らく今鏡を見れば、正に『子猫が棚から落ちたような顔』をしていることだろう。

侍女たちの仕事がエミリアの世話をすることとはいえ、雇い主であり給金を出しているのは父である。

そんな父に背くような真似をしてまで、ミーナが今回の件で味方してくれるとは思ってもみなかったのだ。

しかし徐々に脳が状況を理解し始め、湧き上がる喜びと共にじわじわと口角が上がっていく。

「本当に!?　本当にいいの!?」

嬉しさが頂点に達し、エミリアははしゃぎながらミーナに問いかけた。

「ご主人さまのご心配やお嬢さまの今後を考え、さすがに三日以上お部屋へ立てこもることは看過できませんが……。それでもよろしければ」

「ありがとう、十分よ！　それじゃ、エヴァンズ男爵夫人《ブレナ・エヴァンズ》の授業は受けなくていい？」

「ええ、男爵夫人《ブレナ》には私からお話をしておきますわ。三日程度の遅れならすぐに取り戻せるでしょう」

「お部屋の外へ出なくてもいい？」

「お食事もこちらで召し上がれるよう手配いたします」

「セロリも食べなくていい？」

「それはだめです。セロリは胃によい成分が含まれており、塩分を排出する効果もある優秀な食材なのですよ」

どさくさ紛れに嫌いな食材を排除してもらおうと試みたのだが、残念ながらミーナのほうがうわてだった。

むぅ、と唇を尖《とが》らせながら、他に何かないかとエミリアは考える。

そしてもうひとつだけ、ミーナに頼みたいことを思いついた。

「あのね、ミーナ」

「なんでしょう」

「……お部屋に立てこもっている間、またお母さまのお話を聞かせてくれる……？」

おずおずと、ねだってみる。

主人の死後もアッシェンに留まり、そのひとり娘の世話を続ける忠義者が、茶色の目を一瞬だけ見開く。そして普段の厳格さが信じられないほど穏やかに目を細め、微笑みながら頷いた。

§

甲高い靴音が近づいてくる。

朝の食堂でひとり侘《わび》しい食事を取っていたオスカーは、給仕メイドに目配せをし、部屋の外へ出ているよう指示した。

それと入れ替わるように、黒い喪服を身に纏《まと》った女性が肩を怒らせ、食堂へ足を踏み入れる。

嵐の襲来だな、とオスカーは口中でぼそりと呟き、一旦席を立った。

「閣下！」

「――これはエヴァンズ男爵夫人、朝からお元気そうで何よりだ。珈琲《コーヒー》か、紅茶でも飲んで行かれるのならメイドに用意させるが、まずはおかけになられてはいかがだろう」

「いかがだろう、ではございませんわ！　呑気に座ってなどいられますか！」

ダン、と大きな音を立て、男爵夫人が食卓に手を突く。衝撃で皿やカトラリーが微かに浮いた。

彼女は整った眉をはっきりと吊り上げ、榛色の瞳を爛々《らんらん》と怒りに染めている。

急いでここまでやって来たのだろう。きっちりと纏め、結い上げられた髪の上に乗った小さなヴェール付き帽子が、ずれて歪《ゆが》んでいた。

「何を呑気にお食事していらっしゃいますの!?　エミリア《ディエラ・エミリア》さまが！　お部屋に！　立てこもっていらっしゃるというこの一大事に！」

「そう大声を出されずとも、エミリアの件は私も承知している。……昨日からだ」

キンキンと鼓膜に響く声に、オスカーは耳を塞ぎたいのを必死に堪え、椅子に腰を下ろして珈琲に口を付けた。

貴族たちの間では、如何《いか》によい紅茶を嗜《たしな》んでいるのかが一種のステイタスのようだ。しかしオスカーはどちらかというと、熱々の珈琲に少量の砂糖を入れ、ぐっと飲むのが好きである。

珈琲の苦みと熱が喉を通り抜け、胃の腑《ふ》に溜《た》まる。そうして心を落ち着け、男爵夫人の猛攻に備えた。

「昨日から！　でしたら、どうしてもっと早くエミリアさまを説得なさらないんですの！　エミリアさまは授業も受けたくない、礼儀作法もダンスのお稽古もしたくないと仰って、わたくしを侍女たちに門前払いさせたんですのよ!?　家庭教師のわたくしを！」

「どうかあまり興奮しないように。私も一応の説得は試みた。その上での現状だ」

「まったく説得できていないではありませんかっ！」

男爵夫人が、黒いレースの手袋に覆われた両手で顔を覆い、上を向いて嘆く。

彼女は臨時の家庭教師にエミリアの授業を任せ、ここ二週間ほど王都の実家へ帰省していたのだ。戻ってくるなりエミリアの立てこもりを聞かされ、正に寝耳に水だっただろう。

「戻られたばかりでこのような事態になって、誠に申し訳ない。しかし、あの子の頑固さは筋金入りだ。少々時間を置かねば、逆効果になる」

そう言えば、男爵夫人は指の隙間から目だけ覗かせてオスカーをひと睨みし、やがてがくりと肩を落とした。

「一体どうしてこのようなことになっているんですの……？　いつもはどんなに不機嫌でも、授業は必ず受けてくださっていたのに」

「それは――。私が、あの子を怒らせたからだ」

少々言い淀《いよど》み、オスカーは簡潔に事実のみを伝える。

男爵夫人に余計なことを話せば、ますますエミリアを怒らせる結果にしかならないことが分かっていたからだ。

「怒らせたって、一体どうして……。もしかして、先日の夜会で何かございましたの？」

「……少々手違いで、その……」

「手違い？」

「………………あの子の友人に対し、無礼な態度を取ってしまったんだ」

言葉を濁しつつも、嘘偽りのない真実を述べるオスカーの心は重い。

エミリアと口論をしたその日の内に、オスカーは早速、ジュリエット・ヘンドリッジと名乗ったあの少女について調べることにした。

彼女の正体さえわかれば、エミリアを説得するための材料にできると踏んだからだ。

あの夜会の日、ジュリエットのパートナーであった準騎士《ヴィキヤヴアリス》アダム・ターナーに話を聞き、そこから彼女がどこの誰であるのか探ろうとしたのである。

アダムはジュリエットを果樹園主の娘と信じ切っていたが、それでも彼の持つ僅かな情報を元に、彼女の正体に辿《たど》り着くのはそう難しいことではなかった。

しかし結果は、オスカーの一連の言動が完全なる誤りで、エミリアの直感こそが正しかったと告げるものでしかなかった。

ジュリエット・ディ・グレンウォルシャー。

フォーリンゲン子爵《ヴィアルト・フォーリンゲン》のひとり娘で、一年八ヶ月後に社交界デビューを控えた十六歳の貴族令嬢。

それが彼女の正体だった。

フォーリンゲンは、アッシェンの五分の一程度の規模しかない領地だ。しかし肥沃な土壌を生かした広大な葡萄《ぶどう》農園を有し、質のいいワインを生産することで豊かな富を築いてきた。

貴族の中でも、かなり裕福な部類に位置する資産家一族である。

特にここ数年、異国への輸出を積極的に行うことで業績を更に伸ばしており、アッシェンの紅茶産業に勝るとも劣らない勢いだったはずだ。

そんな裕福な家柄の子爵令嬢《ディエラ・ヴィアルト》が、財産目当てでわざわざ身分詐称などするわけがない。

調査結果を前に、オスカーは己が間違っていたことを認めざるを得なかった。

護衛のため側で見守っていた正騎士《キャヴァリス》ライオネル曰《いわ》く、ジュリエットはエミリアに積極的に取り入ろうとするどころか、むしろ遠慮して家に帰ろうとしていたらしい。

けれどエミリアが無理を言って、城へ泊まっていくよう強引に頷かせたようだ。

あの日、部屋へ押し入ろうとするオスカーをライオネルが必死で止めていたのは、そういった経緯を間近で見ていたからだろう。

だが結果的に、オスカーは制止を振り払い、ジュリエットに散々な暴言を吐いて追い出したという顛末《てんまつ》である。

これはあくまでアダムから話を聞いた上での推測だが、ジュリエットは祖母を助けてくれた彼へ恩返しするため、仕方なく夜会への同伴を了承したのではないだろうか。

社交界デビュー前の若い女性に妙な評判が立てば、今後の結婚や交友関係に大きく響く。だから不要な瑕疵《かし》を負うことを避けるため、わざわざ名前と身分を変えたのではないか。

それ以上の理由など存在しないのに、初対面の相手から謂《いわ》れなき疑いを掛けられた上、両親まで侮辱されたのだ。

ジュリエットが怒り、手を上げるのも当然だ。

「エミリアさまにご友人？　それは一体、どこのどなたですの？」

「夜会に来てくれた女性だ。準騎士が、パートナーとして伴っていた」

「まあ……でしたら年上の方ですわね。初対面なのに、大丈夫なのかしら」

顎に手をやり、男爵夫人がぶつぶつと呟く。

エミリアにはあまり好かれていないが、男爵夫人自身は常に教え子のことを心配し、安定した将来を歩むための手助けになりたいと思っているようだ。

それだけに、突然現れた『年上の友人』という存在に警戒を隠せないらしい。

その気持ちは十分理解できるだけに、オスカーは彼女が安心できるよう、付け加えた。

「それなりに大きな果樹園主のお嬢さんだ。感じもいいし、身元もしっかりしている。心配するようなことは何ひとつない」

「……珍しい。旦那さまが、若い女性のことをそんな風に仰るなんて」

男爵夫人が胡乱《うろん》げな表情で、オスカーをじっと見つめている。

探るような視線には様々な意図が込められているように思えたが、オスカーはそれが何なのか考えることを放棄した。そして改めて、エミリアの件に触れる。

「ともかく、エミリアの怒りの原因は私だ。娘については私が何とかするから、あと数日ほど休暇が延びたとでも思っていてくれれば助かる」

「……わかりましたわ。閣下がそう仰るのなら」

男爵夫人は黒いドレスの裾を摘まみ、優雅に頭を下げた。そうして食堂を出て行く直前、オスカーは思い出したように彼女を呼び止める。

「男爵夫人」

「はい？」

男爵夫人が小さく振り向いた。戸惑うような表情からは、まだ何かあるのだろうか、という疑問が感じ取れる。

それもそうだ。今のやりとりで話は完全に終わったはずなのだから。

「──以前にも頼んでいたと思うが、私のことは決して〝旦那さま〟とは呼ばないでほしい」

できる限り平淡な声で告げれば、男爵夫人の息を呑《の》む音が聞こえた。先ほど自身が会話の中でたった一度だけ、無意識にそう口にしてしまったことを思い出したのだろう。

「申し訳ございません、ついうっかり……。今後は気を付けますわ」

「そうしてくれ」

短く言うと、オスカーは今度こそ、男爵夫人が退室するのを見届けた。

やがて扉が閉まると同時に、自分にしか聞こえないほど小さな声で、呟く。

「……すまない、マデリーン」

普段と変わらないように見えた彼女が、一瞬だけ唇を噛みしめたことには気付いていた。

先程オスカーが口にした台詞は、人が聞けば、そんな細かいことはどうでもいいではないかと呆れることかもしれない。

しかしオスカーにとってその呼称は、もはやただひとりの口からのみ発せられるべき、特別な呼び名だと決まっているのだ。

旦那さま、と控えめに呼びかけるあの柔らかい響きを忘れたくなかった。他の誰かの声で上書きされたくなかった。

たとえこの先、永遠に耳にすることが叶《かな》わぬと知っていても。

§

立てこもりを始めてから三日目の夜がやってきた。

部屋に訪ねてきたのは、今のところ父が八回、エヴァンズ男爵夫人《ブレナ・エヴァンズ》が二回、執事のスミスが一回。

その全てを、エミリアは侍女たちに頼んで追い返させている。

父は一生懸命部屋の外から呼びかけていたようだが、ジュリエットに謝ると約束してくれない限り、部屋に入れる気はなかった。美味《おい》しいお菓子や紅茶で釣ろうとしていたようだが、スミスは父の言うことを聞くようにと説得してくるだろうし、男爵夫人《ブレナ》は長々と小言を言ってくるに違いない。というか、言われた。

「〝お嬢さまは、名門アッシェン伯爵家のご令嬢だという自覚がおありなのですか？　家庭教師を閉め出すなど、淑女として恥ずべき行為です！　三日も授業を休むなんて、わたくしは許しませんよ！〟」

本を読むのを中断し、昨日の男爵夫人の台詞《せりふ》を一言一句そのまま、同じ口調で言ってみる。ついでに表情も、あの取り澄ました高圧的な雰囲気に寄せ、指先を魔法使いのように大きく振る癖まで真似してみた。

どうせ明日からは嫌でも授業を受けないといけないのに、男爵夫人はすぐにでもエミリアの立てこもりをやめさせたかったようだ。

「〝偉大なる家名とお父さまのお顔に泥を塗らないよう、立ち居振る舞いにお気を付けくださいと日頃から申し上げているでしょう！　お嬢さま、聞いていらっしゃるのですか！〟」

我ながら似ているではないか。

そう思うとついつい笑いが込みあげ、エミリアは「ふふっ」と小さな声を零《こぼ》した。

その途端、ちょうど背後のテーブルに就寝前のお茶の準備をしていたミーナが、叱責の声を飛ばしてくる。

「お嬢さま。人の真似をして笑うような、下品な遊びをしてはいけませんよ」

「ごめんなさい。でもわたし、あの人好きじゃないんだもの」

エミリアは渋々謝りつつ、けれど唇を尖らせて不満を露《あら》わにした。

父は立派な貴婦人だと褒めるし、淑女としての立ち居振る舞いは確かに見事だ。それはエミリアのような子供の目から見てもわかる。

けれど、エミリアにはどうしても気に入らないことがひとつだけある。

男爵夫人の、父を見る時の目つきだ。

巧妙に隠しているつもりなのだろうが、勘の鋭いエミリアは気付いていた。彼女は父のことが好きなのだ。説教するのもエミリアのためを思っているわけではなく、父の側にいたいから、有能な家庭教師であろうとしているだけ。

「そんなことを仰るものではありません。男爵夫人だって、お嬢さまのために一生懸命ご指導してくださっているのです」

「あの人が頑張るのはお父さまのためよ」

カチャン、と茶器が大きな音を立てた。

いつもそつなく仕事をこなすミーナにしては、珍しい失敗だ。動揺している証拠である。

「……申し訳ございません」

ミーナは一言謝ると、何ごともなかったかのようにお茶の準備を続ける。

それをちらりと見て、エミリアは嘆息した。

そして本を閉じる音に紛れるように、小さく呟く。

「ミーナや他の侍女たちだって、男爵夫人のこと好きじゃないのに」

男爵夫人は独身の頃、この城で行儀見習いのようなことをしていたらしい。彼女の兄が父の親友で、兄がアッシェン騎士団に配属された際、王都からわざわざ付いてきたのだそうだ。

侍女たちが前に噂話をしているところを偶然耳にしたのだが、男爵夫人はその時から既に、父に好意を抱いていたようだ。

しかし父は結婚していたし、その恋が叶うはずもない。だから母に仕えていた侍女たちは、主の夫に横恋慕していた男爵夫人を、今でもあまりよく思っていないのではないだろうか。

結局彼女の恋は実ることなく、その後別の男性の妻となったのだが、夫であったエヴァンズ男爵《ブレン・エヴァンズ》は三年ほど前に亡くなってしまった。

そういった場合、未亡人となった女性には婚家からなんらかの支援があるのが一般的だ。例えば婚家から持参金を返還されたり、年金を支給されたり、あるいは終《つい》の住家としてどこかの別荘を与えられることもある。

しかし彼女は、父親の後を継いで新たに爵位を継いだ嫡男から、強引に追い出されてしまったらしい。

彼は、父の後妻として転がり込んだ若い継母が気に入らなかったのだろう。大した金も与えられず放り出され、男爵夫人は生活に困窮した。

それゆえ、まだ乳児だった双子の娘を抱え、職を探してアッシェンへ戻って来たのだ。

彼女の実家の両親はとうに亡くなっており、親戚筋も頼れない。そんな状況で彼女が最終的に辿り着いたのが、兄の親友であった父の許だったらしい。

当時エミリアは九歳で、丁度、乳母《ナーシー》の手を離れ家庭教師を必要とする時期だった。

父は昔のよしみで男爵夫人を家庭教師として雇用し、以来、この城の一室に彼女とその娘たちを住まわせているというわけである。

――可哀想だとは思うけど……。でもわたし、お父さまが男爵夫人と結婚するのは絶対にイヤだわ。

もし父が男爵夫人と結婚すれば、エミリアは彼女を『お母さま』と呼ばなければならなくなる。

――そんなの駄目。わたしのお母さまは、リデルお母さまだけよ。

母との思い出なんてひとつも残っていないけれど、でも、父が何度か懐中時計の中身を見せてくれたことはある。

乳母であったフェレナ・モリス《フェレナ・モリス》夫人が描いたという、生まれたばかりのエミリアを抱く母の姿。優しげな眼差しは、エミリアに対する温かい思いに満ちあふれていた。

父を愛し、ふたりの間に生まれた我が子を愛していた証拠だ。

だが、男爵夫人は違う。彼女の目はエミリアを見ていない。エミリアを通し、母の姿を見ているのだ。

ミーナがいつも言っている。お嬢さまはお母さまにそっくりです、と。皆は父に似ていると言うけれど、ふとした表情が母と瓜二つなのだと。

だから男爵夫人は時折、エミリアを見て辛そうに顔を歪めるのだ。エミリアのことを邪魔に思っている証拠だ。

そんな彼女が父の後妻に収まり、自分の継母になるなんて許せない。きっとエミリアはすぐ厄介者になり、この城から追い出されてしまうだろう。

エミリアはかつてそういった危機感から、家庭教師を代えてほしいと父に頼んでみたことがあった。

しかし結果はいつも否で、行く当てのない女性を放り出すのはいけないことだと、淡々と諭される始末である。

だったら生活の世話をしてあげればいい、と反論したのだが、それによって滅多に怒らない父を余計怒らせてしまった。

『男爵夫人は物乞いではないし、一方的に施しを与えるのは失礼だ』

その時のエミリアにはよく意味がわからなかったが、今はなんとなくわかるような気がしていた。

世の中にはたくさんの人々がいて、誰もが己にできる役割を果たすことで、社会を動かしている。王族も、貴族も、経営者も、労働者も。皆それぞれに与えられた役目がある中で、生きているのだ。

そんな中で見返りも求めず金銭を与えるというのは、その人が何もできない人間だと決めつけるのも同然。誇りを傷つける行為だ。

エミリアがかつて口にした言葉は、意図していなかったにしても、男爵夫人に対しての侮辱であった。

今は、さすがにその時の発言を反省している。だが、男爵夫人を好きになれるかというのはやはり別問題だ。

ぐるぐると考えていたその時、扉を叩く音が響いた。

すかさずミーナに視線をやると、彼女が心得たように頷き、扉の鍵を開けに行く。そしてごくごく慎重に、ようやく掌《てのひら》が入るくらいの隙間ができるよう、小さく扉を開いた。

「ミーナ。……エミリーに会いたいのだが」

父の声だ。

エミリアはクッションを抱えたまま、用心深く耳を澄ます。

「何度もおいでくださっているのに大変申し訳ございませんが、お嬢さまはご主人さまが要求を呑まない限り、お会いにならないとのことです」

「ああ、わかっている。――エミリー、聞いてくれ！」

慇懃《いんぎん》に追い払おうとするミーナを飛び越すように、父の声が部屋の中まで響いた。

「悪かった。お前の言う通り、ジュリエットを帰したのは私の間違いだ」

エミリアの耳が、ぴくんと動く。

――お父さまが、ご自分の間違いを認めてる？

三日前は、あんなに頑《かたく》なな態度でジュリエットのことを非難していたのに。

立てこもり作戦が功を奏したのなら喜ばしいことだが、頑固な父のことだから、説得するのにはもう少し時間がかかると思っていた。

あるいはエミリアが強硬な態度に出たから、仕方なく心にもないことを口にしているのだろうか。

だが、聞いたこともないほど真剣な声だ。

ソファから立ち上がったエミリアは、おずおずと扉へ近づく。

直《じか》に話して、父の真意が知りたかった。

「エミリー！」

エミリアを見るなり、父が安堵したように笑みを浮かべる。

ミーナから大丈夫かと問いかけるような視線を送られたので、頷くことで、部屋の外で待っているよう指示した。

入れ替わりに父が部屋の中へ入ってきて、その場に跪《ひざまず》く。まるで騎士のように。

「お前に言われて、確かめてみたんだ。ジュリエットがどこの誰なのか」

「……それで？」

「お前が正しかった。ジュリエットは財産狙いでも、お前を害そうと思っていたわけでもない。受けた親切の恩返しをするため夜会に参加しただけの、善良な女性だ」

意気消沈した様子の父に、エミリアは少し驚いた。

あの冷静沈着な性格の父が、娘が立てこもったくらいでここまで悄気《しょげ》るとは、考えてもみなかったのだ。

前々から娘には甘いと思っていたが、これほど効果的とは。

意外な事実に嬉しくなり、ついつい頬が緩んでしまいそうになる。どうやら父は本気で、エミリアを怒らせたことと、己の軽率な言動を反省しているらしい。

だがエミリアは慌てて表情を引き締め、こほんと咳払いを落とした。そしてあえて、ツンと顔を背けてみせる。

「いきなりそんなことを言われても、本当に反省しているかなんてわからないわ。わたしのご機嫌とりのために、仕方なく言っているんじゃないの?」

「そ、そんなことはない。お前に背を向けられ、毎日ひとりきりの味気ない食事を取ることが、どれほど侘しかったか……! 本当に悪かったと思っている」

「謝る相手を間違っているわ、お父さま。わたしじゃなくて、ジュリエットに謝らないと意味がないのよ」

エミリアはわざと目尻を吊り上げ、怒ったような表情を作る。本当はもう怒っていなかったが、父の反省する様子なんて滅多に見られないのだ。もう少しだけ、その情けない表情を見ていたかった。

すると父は、慌てたように頷く。

「あ、ああ、わかっている。ジュリエットを我が家の夕食会へ招待しよう。その時に、非礼を謝罪するつもりだ」

「本当に!? ジュリエットをうちに呼んでくれるの!?」

「もちろん。お前の友人だ、客人として丁重に扱おう」

怒ったふりも忘れて、エミリアは歓喜の声を上げた。

前回は邪魔されたが、今回は誰にも咎《とが》められることなく、ジュリエットと話をすることができる。堂々と、ジュリエットを友達として、ロージーやミーナたちに紹介できるのだ。

「わたし、ジュリエットといっぱい喋って、いっぱい仲良くなるの！　招待状を出して、ジュリエットの好きなお料理を用意しなくちゃ！　ありがとうお父さま、とっても嬉しいわ！」

途端に上機嫌になったエミリアに、それでもまだ遠慮がちに、父が問いかける。

「……もう怒っていないか？」

「ええ、もちろん。実はね、お父さまが最初に謝った時にはもう、赦していたの。今までのは怒ったふりよ」

頬に仲直りのキスをしながらそう打ち明けると、父は一瞬目を大きく見開き、すぐに苦笑を浮かべた。

「お父さまを騙《だま》すとは、悪いお姫《プリンシア》さまだ」

「きゃーっ！」

父にいきなり抱きかかえられ、エミリアは笑い混じりの悲鳴を上げる。

十二歳の娘の重みなど、騎士として鍛えていた父にとってはさしたる負担にもならないらしい。軽々と抱き上げられれば、たちまちもっと小さな頃に戻った気分になる。

幼い時から変わらない、エミリアにとって世界で一番安全で、心安らぐ場所。温かい腕の中で、エミリアは童女のように甘えてしまいたくなり、父の首根っこにぎゅっとしがみついた。

「お父さま」

「ん？」

穏やかな声に、泣きたくなってしまうのはどうしてだろう。

「わたしも……お父さまに酷いことを言ってごめんなさい。本当はわかってるの。お父さまが誰よりもわたしのことを心配してくれてるって」

「ああ」

「お父さまがパーティーが苦手なのも、それなのに毎年、無理をしてわたしのために夜会を開いてくれているのも……。全部、わかってるの」

「ああ、そうだな」

エミリアはぎゅっと父の胸に額を押しつけ、泣くのを我慢した。それでも、声が震えてしまうのは止められない。

「あんなこと言うつもりなかったのに……。お父さまを傷つけたわ」

「エミリー、いいんだそれは――」

「ごめんなさい。お父さまのこと大好きなのに、素直になれなくてごめんなさい……」

ずず、とエミリアは洟《はな》を啜《すす》る。

シャツが濡れていることに気付いただろうが、父は何も言わなかった。ただエミリアの頭を優しく撫でながら、赤ん坊を寝かしつけるように静かに揺らすだけ。

その内にエミリアはうとうとと眠くなり、瞼《まぶた》の重みに耐えられなくなってしまう。

温かい泥に沈んでいくような心地のよい睡魔に、エミリアは抗《あらが》う術《すべ》を知らない。

そうやって朦朧《もうろう》とする意識の中で、父の、小さな声を耳にした気がする。

「わかっている、エミリー。……私も、お前と同じだから。……だが、俺は謝れなかった。最後まで……お前は……、決して俺のようになってはいけない。大切な人を大事にできる……、優しい人間になりなさい。……私に、こんなことを言う資格は……ない……が……それでも、お前だけは……」

――お父さまは何を言っているの？　どうしてそんな、悲しい声でお話しするの？　謝れなかったって、誰に？

途切れ途切れに聞こえる、父の言葉に対する疑問。それを口にするより早く、エミリアの意識は急速に眠りの世界へ引きずり込まれる。

父の浮かべた淋しげな微笑を、目にすることもないままに。

# あとがき

　このたびは『拝啓「氷の騎士とはずれ姫」だったわたしたちへ』をお手に取っていただきまして、誠にありがとうございます。

　私は昔から創作が大好きでした。暇さえあれば空想の世界に浸り、絵を描いたり頭の中で色々なお話を考えたり……。とはいえ文章の才能は壊滅的。小学生の時に初めて書いた作文は『〜と思いました』の連続で、親からは本気で心配されたほどでした。

　ならば絵はどうかというと、そちらはそちらで「妖怪の絵」「絵にかける時間が勿体《もったい》ない」と言われる始末。可愛《かわい》い女の子の絵を描いたつもりなのに……と、ひとしきり落ち込みました。

　そんな私が小説を書き始めたのは、自分の作品を本にしたい、という大それた夢を抱いたことがきっかけでした。暇さえあれば小説サイトに投稿したり、公募のための作品を送ったり。

　不思議なことに、私の絵を妖怪のようだと評した親は、小説を書くことに関してはまったく反対しませんでした。それどころか「きっと本を出せるよ」と励ましてくれたほど。

　自分の作品を本にしたい、という密《ひそ》かで大それた夢に、一度でいいから自著を親に見せてあげたいという願いが加わりました。

　そういった様々な出来事を経て、本作に書籍化の打診をいただいた時は、夢でも見ているような気持ちでした。更にありがたいことに、コミカライズの企画まで。

本作が出版された翌月には、Ｗｅｂコミック誌『コミックガルド』にて由姫ゆきこ先生作画によるコミカライズが連載開始となります。本当に素敵な作品となっておりますので、小説版との違いも併せて、是非お楽しみいただければと思います。

また、小説の装画と挿絵を担当してくださいましたのは、イラストレーターのダンミル先生です。素敵なイラストを描いてくださる中で様々なご提案もいただき、そのおかげで新たなネタや設定を思いついたりと、作品世界への理解をより深められるきっかけとなりました。作品に真摯に向き合ってくださり、本当にありがとうございました。

また、書籍化、コミック化に際し、担当編集さま方には色々と親身になってご相談に乗っていただきました。おかげさまで、作品をよりよいものへ昇華できたと思っております。

大勢の方々のご尽力を賜り、本書を世に送り出せましたこと、重ね重ね御礼申し上げます。

そして最後に、本書をお手に取ってくださいました皆さま。心からありがとうございます。

願わくは、この物語が少しでも皆さまの心を楽しませられますことを。そしてよろしければ是非、また続刊でお会いしましょう。

リデルとオスカー、ジュリエットとエミリアたちの物語が今後どうなっていくか、楽しみにしていただければ幸いです。

八《や》色《いろ》　鈴《すず》

作品のご感想、
ファンレターを
お待ちしています

あて先

〒141-0031　東京都品川区西五反田 7-9-5 SGテラス5階
オーバーラップ編集部
「八色 鈴」先生係／「ダンミル」先生係

**スマホ、PCからWEBアンケートにご協力ください**

アンケートにご協力いただいた方には、下記スペシャルコンテンツをプレゼントします。
★本書イラストの「無料壁紙」　★毎月10名様に抽選で「図書カード（1000円分）」

公式HPもしくは左記の二次元バーコードまたはURLよりアクセスしてください。
▶ **https://over-lap.co.jp/865546859**
※スマートフォンとPCからのアクセスにのみ対応しております。
※サイトへのアクセスや登録時に発生する通信費等はご負担ください。

オーバーラップノベルスｆ公式HP ▶ **https://over-lap.co.jp/lnv/**

OVERLAP NOVELS f

# 拝啓「氷の騎士とはずれ姫」だったわたしたちへ 1


発行　2020年6月25日　初版第一刷発行

著者　八色 鈴

イラスト　ダンミル

発行者　永田勝治

発行所　株式会社オーバーラップ
〒141-0031
東京都品川区西五反田 7-9-5

校正・DTP　株式会社鷗来堂

印刷・製本　大日本印刷株式会社





ISBN 978-4-86554-685-9 C0093





【オーバーラップ　カスタマーサポート】
電話　03-6219-0850
受付時間　10時~18時(土日祝日をのぞく)

拝啓
「氷の騎士とはずれ姫」
だったわたしたちへ
漫画／由姫ゆきこ
原作／八色 鈴
2020年7月より
コミックガルドにて
コミカライズ連載スタート！
COMIC GARDO
コミックガルド
https://comic-gardo.com/